Foto: Ute Ville

W. Bruce Cameron, geboren 1960, ist der New-York-Times-Bestseller-Autor von ›Ich gehöre zu dir‹, ›Ich bleibe bei dir‹ und ›Weihnachten auf vier Pfoten‹. 2011 wurde er von der ›National Society of Newspaper Columnists‹ als Kolumnist des Jahres ausgezeichnet. Als er ungefähr acht Jahre alt war, brachte sein Vater ihm eines Tages einen Labrador-Welpen mit. Diesen Augenblick der uneingeschränkten Freude und grenzenlosen Zuneigung erzählt er in ›Bailey findet ein Zuhause‹. W. Bruce Cameron lebt mit seiner Frau und seinem Hund in Kalifornien, USA.

Alle Bücher von W. Bruce Cameron bei Fischer:
Bailey findet ein Zuhause
Ellie findet das Glück
Molli findet eine Freundin

Weitere Informationen zum Kinder- und Jugendbuchprogramm der S. Fischer Verlage finden sich auf
www.fischerverlage.de

W. Bruce Cameron

Bailey findet ein Zuhause

Aus dem Amerikanischen
von Naemi Schuhmacher

Mit Bildern von
Richard Cowdrey

FISCHER Taschenbuch

MIX
Papier aus verantwortungsvollen Quellen
FSC® C014496
FSC
www.fsc.org

Erschienen bei FISCHER Kinder- und Jugendtaschenbuch
Frankfurt am Main, August 2019

Die amerikanische Originalausgabe erschien 2016
unter dem Titel ›Bailey's Story: A Dog's Purpose Novel‹
bei Starscape / Tom Doherty Associates, LLC, New York

Satz: Dörlemann Satz, Lemförde
Druck und Bindung: GGP Media GmbH, Pößneck
Printed in Germany
ISBN 978-3-7335-0375-8

Für Garrett und Ewan:
Willkommen auf der Welt!

1

Eines Tages ging mir auf, dass die warmen, quietschigen, miefigen Dinger, die ständig um mich herumwuselten, meine Geschwister waren. Ich war schwer enttäuscht.

Schon seit einer Weile drängelte und schubste ich diese zappeligen Leiber beiseite, um an die kuschelige Wärme und die köstliche Milch meiner Mutter zu gelangen. Und nun stellte sich heraus, dass diese Dinger, die zwischen mir und meiner Nahrung standen, Welpen waren wie ich!

Ich blinzelte zu meiner Mutter hoch und bat sie im Stillen, die anderen loszuwerden. Sie sollte ganz mir gehören. Aber sie ging nicht darauf ein. Anscheinend würden mir meine Brüder und Schwestern erhalten bleiben.

Also beschloss ich, der Chef zu werden. Meine Wurfgeschwister aber begriffen das nicht recht. Kaum packte ich einen am Nackenfell, sprangen mir zwei oder drei andere auf den Rücken. Bis ich die abgeschüttelt hatte, raufte der Welpe, dem ich eine Lektion erteilen wollte, mit jemand anderem. Wenn ich ein drohendes Knurren zum Besten gab, knurrten meine Geschwister nur freudig zurück.

Wirklich lästig.

Wenn ich nicht gerade versuchte, meinen Geschwistern die Welt zu erklären, erforschte ich meine Umgebung.

Von Anfang an hatte ich viel Bellen gehört, und in der Nähe roch ich fremde Hunde. Als ich mich unter einem Haufen, bestehend aus meinen Wurfgeschwistern, hervorkämpfte, spürte ich unter meinen Pfoten rauen, harten Untergrund. Und nach ein paar Schritten stieß ich mit der Nase gegen einen Drahtzaun. Ich befand mich in einem Käfig mit Zementfußboden.

Hinter dem Zaun gab es noch mehr Welpen. Sie waren aber nicht blond mit dunklen Augen wie meine Geschwister, meine Mutter und ich. Es waren kleine, aufgedrehte Kerle mit dunkler Zeichnung und einem Fell, das in alle Richtungen abstand. Sie sahen aus, als wären sie gute Spielkameraden, aber der Zaun trennte uns.

In dem Käfig auf der anderen Seite erspähte ich eine weiße Hündin mit schwarzen Flecken. Der Bauch hing ihr fast bis zum Boden, und sie bewegte sich nur langsam. Sie warf mir einen Blick zu, schien aber nicht weiter an mir interessiert zu sein.

An der Vorderseite des Käfigs gab es eine Tür. Diese

Tür war mir schon früher aufgefallen. Jeden Tag tauchte ein Mann mit einem Futternapf für meine Mutter auf, er öffnete die Tür und stellte den Napf ab. Sie rappelte sich auf, schüttelte ein, zwei Welpen ab und schlang ihre Mahlzeit hastig herunter, um sofort wieder bei uns zu sein.

So hatte ich zum ersten Mal einen näheren Blick auf die Welt hinter der Tür werfen können. Gras. Ein langer Streifen aus Rasen. Der Duft von feuchter Erde und wachsenden Pflanzen kitzelte meine Nase. Die Wiese war von einem Holzzaun umrahmt.

Die Eindrücke überwältigten mich. Ich stolperte zurück zu meiner Mutter und legte mich für ein Nickerchen auf zwei meiner Schwestern.

Als der Mann am nächsten Tag wiederkam, passte ich genau auf. In der einen Hand hielt er den Futternapf, in der anderen ein Blatt Papier, das er stirnrunzelnd betrachtete.

»Yorkshire Terrier, in 'ner Woche oder so«, sagte er und blickte in den Käfig nebenan, den mit den Welpen. Dann wandte er sich unserem Käfig zu und spähte herein. »Golden Retriever, wahrscheinlich in drei Wochen so weit, und eine Dalmatinerhündin, die jeden Moment werfen müsste.«

Mir war klar, dass er diese Worte nicht an uns Hunde

richtete. Er sprach nie mit uns. Rasch öffnete er die Tür zu unserem Käfig. Erpicht darauf zu erfahren, wie sich das Gras unter meinen Pfoten anfühlen würde, trabte ich auf ihn zu. Aber er schubste mich mit einem Grunzen beiseite, nicht wirklich grob, sanft aber auch nicht. Er stellte den Napf vor meiner Mutter ab.

Dann fiel die Tür zu.

Ich versuchte, eine Kostprobe aus dem Napf zu erhaschen, aber meine Mutter schob mich mit der Nase fort. Der Inhalt der Schüssel roch ohnehin nicht so gut wie ihre Milch. Der Mann war schon wieder unterwegs und kam dann mit weiteren Näpfen zurück. Er stellte sie ins Gras und ging zu dem Käfig rechts von uns. Er schob die Tür auf, und dann tat er etwas, das mich überraschte – er ließ sie offen! Die Welpen mit dem drahtigen Haar – Terrier hatte er sie genannt – purzelten auf die Wiese hinaus.

»Nein, du nicht«, sagte der Mann zu der Mutter und schubste sie von der Tür weg, wie er es zuvor mit mir getan hatte.

Eifersüchtig beobachtete ich, wie die kleinen Fellkugeln auf dem Rasen herumtollten. Ihre Mutter winselte leise hinter der verschlossenen Tür. Der Mann ging weg, er verließ den Hof durch ein Tor im Holzzaun, während sich die Welpen im Gras wälzten, hineinbissen und es anbellten. Als einer auf den Rasen pinkelte, mussten natürlich alle die Pfütze vorsichtig beschnuppern.

Dann entdeckte ein Welpe einen Futternapf, indem er kopfüber hineinplumpste. Schnaubend kam er wieder hoch, leckte sich eine klebrige, braune Pampe von der Nase und fiel wieder in die Schüssel hinein. Seine Geschwister drängten sich um ihn und taten es ihm nach.

Als das Futter aufgefressen war, kamen die Welpen an unsere Käfigtür, um uns zu beschnüffeln. Ich schleckte ihnen die Essensreste aus dem Gesicht, während einer meiner Brüder sich auf meinem Kopf abstützte. Dann zischten sie wieder ab, um auf dem Rasen hin und her zu rennen, zu bellen, zu stolpern und wieder aufzustehen. Jetzt sah ich, dass es noch weitere Käfige links und rechts von uns gab. Die Welpen liefen bald hierhin, bald dorthin und schnupperten an allen Hundenasen in Reichweite.

Ich wünschte mir, ich könnte mit ihnen dort draußen sein. In unserem kleinen Käfig mit seinem Geruch nach Mutter und Welpen, Futter und Milch hatte ich schon alles erkundet, was es zu erkunden gab. Ich war bereit für mehr.

Als der Mann zurück in den Hof kam, ließ er das Tor hinter sich offen stehen. Ich erkannte ein dünnes Band aus blauem Himmel, grüne Bäume und darunter eine dunkle Straße. Sehnsucht packte mich. Dort draußen gab es etwas für mich – da war ich mir sicher. Etwas Wichtiges. Etwas, das ich brauchte. Sollte ich je frei über die Wiese laufen, würde ich direkt durch das offene Tor rennen. Warum die Terrierwelpen das nicht taten, konnte ich nicht verstehen. Sie waren wohl zu sehr mit Balgen beschäftigt.

Der Mann hob zwei Welpen hoch und trug sie, einen in jeder Hand, durch das Tor. Zweimal musste er noch für die übrigen gehen. Dann waren sie alle fort.

Ohne ihr leises, hohes Bellen erschien der Hof plötzlich schrecklich still. Ihre Mutter lehnte sich mit den Vorderpfoten gegen die Tür und heulte. Dann sank sie wieder zu Boden und lief in ihrem Käfig auf und ab.

Der Mann ging zu ihr und schaute sie an, aber er rief sie nicht, sprach nicht mit ihr, griff nicht in den Käfig, um sie zu streicheln. Irgendwie wusste ich, dass er all das hätte tun können und dass es ihr Leid ein wenig gelindert hätte. Aber er tat es nicht. Er drehte sich einfach um und ging davon.

Die Trauer der Mutter im Käfig nebenan ergriff auch mich. Ich drängte mich wieder zwischen meine Geschwister und lehnte mich Schutz suchend an die warme Flanke meiner Mutter.

Aber der Gedanke an das Tor in die Welt dort draußen ließ mich nicht los. Als wir, einige Tage später, auf das grüne Gras hinausdurften, war es so weit. Der Mann stellte die Futternäpfe für uns auf, genau wie er es für die Terrier getan hatte, dann öffnete er die Tür zu unserem Käfig. Wir stürmten hinaus auf die Wiese. Zwei meiner Schwestern tapsten mir direkt über den Kopf, um zu den Näpfen zu kommen. Ich bahnte mir meinen Weg zwischen ihnen hindurch und fraß meinen Anteil. Es schmeckte köstlich, und feste Nahrung zu kauen, anstatt Milch zu saugen, tat gut.

Als ich satt war, zog ich den Kopf aus der Schüssel und schaute mich um.

Alles war wunderbar feucht und voller Gerüche. Das Gras war saftig. Die Erde darunter feucht und dunkel. Ich kratzte sie mit der Pfote auf und steckte meine Nase direkt hinein. Dann nieste ich und schüttelte den Kopf, um den Dreck auf meiner Schnauze loszuwerden. Ich trabte hinüber zum Käfig der Dalmatinerhündin, und ihre nagelneuen Welpen stolperten zur Tür, um mir die Schnauze zu lecken, genau wie ich es vor nicht allzu langer Zeit mit den Terriern getan hatte.

Nachdem ich die jüngeren Hunde begrüßt hatte, trat ich zurück und schnupperte mit hocherhobener Nase. Selbst die Luft roch nach unendlichen Möglichkeiten. Von irgendwoher strömte der Duft von Wasser herbei, mehr Wasser, als ich je in einer Schale gesehen oder gerochen hatte. Ich roch fremde Hunde und auch andere Tiere: ein Eichhörnchen, das auf dem Zaun schnatterte, und noch ein Tier – größer, schwerer und auffällig riechend –, das vor einigen Nächten am Hof vorbeigelaufen war.

Nun kam der Mann wieder und öffnete die Tür zu unserem Käfig, um meine Mutter herauszulassen. Meine Geschwister stürzten alle auf sie zu, aber ich hatte gerade einen toten Wurm unter meinen Pfoten bemerkt, und der war im Moment interessanter.

Wieder ging der Mann fort und warf das Tor hinter sich zu.

Das Tor …

Mein Blick blieb an der Klinke hängen.

Am Zaun neben dem Tor stand ein Holztisch mit einem Hocker davor. Ich lief hin. Der Hocker war so niedrig, dass ich hinaufklettern konnte. Von dort aus war es nur ein kleiner Hops, und ich konnte mich an der Tischkante festkrallen und mich hinaufhieven.

Vor mir lagen leere Futternäpfe und ein Beutel, der ziemlich spannend roch. Wäre mein Bauch nicht voll gewesen, hätte ich ihn wohl aufgebissen und mir den Inhalt schmecken lassen. Aber im Moment galt mein Interesse etwas anderem.

Ich erinnerte mich, wie der Mann die Hand auf die

Metallklinke gelegt und sie heruntergedrückt hatte. Dann war das Tor aufgesprungen.

Konnte ich so etwas schaffen?

Die Klinke war aus einem länglichen Stück Metall. Mit meinen kleinen Zähnen fand ich kaum Halt an dem Ding, aber ich tat mein Bestes. Ich biss zu, zerrte und verdrehte den Hals. Nichts geschah, abgesehen davon, dass ich das Gleichgewicht verlor und auf den Boden purzelte.

Ich setzte mich auf und bellte das Tor missmutig an. Das nützte aber auch nichts. Meine Geschwister rasten auf mich zu und stürzten sich auf mich, aber ich gab mich nicht mit ihnen ab. Zum Spielen hatte ich jetzt keine Lust.

Ich hatte etwas Wichtiges zu erledigen.

Noch einmal kletterte ich auf den Tisch und packte den Griff mit den Zähnen. Dieses Mal legte ich auch die Vorderpfoten auf die Klinke, um nicht erneut zu stürzen, und zu meiner Überraschung bewegte sie sich unter mir. Ich rutschte ab, und im Fallen traf mein ganzer Körper auf die Klinke. Ich plumpste ins Gras und blickte verwundert auf.

Das Tor war offen!

Natürlich nicht sehr weit, aber als ich meine Nase in den Spalt schob und drückte, schwang es ein wenig weiter auf. Ich war frei!

Gespannt lief ich hinaus und stolperte über meine kurzen Beine. Vor mir lag ein Pfad, zwei schmale, parallel verlaufende Spuren im Gras. Bestimmt war das der Weg, den ich einschlagen sollte.

Aber ich drehte mich um und blickte durch das Tor zurück. Meine Mutter saß in der offenen Käfigtür und beobachtete mich.

Mir wurde klar, dass sie nicht mitkommen würde. Sie würde im Hof bleiben. Ich war auf mich gestellt.

Ich überlegte, ob ich zu ihr zurückrennen, mich an ihre warme Flanke schmiegen und mich ordentlich ablecken lassen sollte. Aber ich tat es nicht.

Irgendwie wusste ich, dass Welpen ihre Mutter verlassen mussten. Es mochte für uns beide traurig sein, aber so war es nun mal. Wenn ich jetzt nicht ging, würde der Mann kommen und mich forttragen, so wie er es mit den Terrierwelpen getan hatte.

Ohnehin wusste ich aus tiefstem Herzen, dass auf dieser Seite des Tors etwas auf mich wartete. Oder jemand. Es gab noch andere Menschen auf dieser Welt, da war ich mir sicher, und nicht alle würden so sein wie der Mann, der uns gefüttert und unseren Käfig geöffnet hatte.

Irgendwo gab es freundliche Hände und sanfte Stimmen. Ich musste sie nur aufspüren.

Also zog ich hinaus in die Welt, um genau das zu tun.

2

Die staubige Spur im Gras fühlte sich unter meinen Pfoten unglaublich gut an! Sie roch nach Gummireifen, nach all den Tieren, die sie überquert hatten, und nach dem Regen, der vor ein paar Tagen gefallen war. Ich trabte glücklich den Weg entlang und wedelte mit meinem kurzen Schwanz. Vor mir schwirrte eine Libelle umher, nach der ich schnappte. Ich stapfte durch eine Pfütze. Dann fand ich ein phantastisches Stöckchen und schleppte es mit, bis mir der Nacken weh tat. Ich ließ es fallen und flitzte vorwärts, weil mir ein neuer Duft in die Nase stieg. Ein leerer Napf! Nein, er war gar nicht leer! Ich fand noch etwas Süßes und Klebriges darin. Vorsichtig leckte ich ihn sauber. Dann ging es weiter.

Nach einer Weile endete der Weg an einer Straße, die sich so hart anfühlte, wie der Boden meines Käfigs. Ich beschnupperte sie, dann setzte ich behutsam eine Pfote darauf. Bald beschloss ich, der Straße zu folgen. Denn hier wehte mir der Wind entgegen und brachte im Sekundentakt neue Gerüche mit sich. Feuchtes, vermodertes Laub! Bäume! Wassertümpel! Eichhörnchen! Mäuse! Würmer!

Aufgeregt wollte ich mich ins Abenteuer stürzen, aber plötzlich hielt ich inne. In einem Laubhaufen vor mir bewegte sich etwas.

Argwöhnisch schlich ich darauf zu, pirschte mich näher und näher heran. Da brach es aus dem Laub hervor und surrte mir direkt ins Gesicht! Ein Käfer! So einen hatte ich noch nie gesehen. Ich machte einen Satz rückwärts und bellte ihn an, um klarzustellen, dass ich keine Beute war. Der Käfer wendete und flog die Straße entlang. Ich jagte hinterher. Dem würde ich schon zeigen, wer hier der Boss war!

Hinter mir hörte ich einen Laster, aber ich hielt nicht an, bis der Käfer in einen Baum flog. Wie unfair! Ich bellte missmutig. Dann fiel mir auf, dass der brummende Motor des Lasters verstummt war.

Eine Tür knallte. Ich wandte mich um. Der Laster hatte am Straßenrand gehalten, und ein Mann mit faltiger, sonnengebräunter Haut und schmuddeliger Kleidung war ausgestiegen. Er kniete sich hin und streckte mir die Hände entgegen.

»He, du, kleines Kerlchen!«, rief er.

Unsicher blickte ich ihn an. Was für ein Mensch mochte das sein? Was waren das für Hände? Würden sie mich beiseiteschubsen wie die des ersten Mannes? Oder würden sie geduldig und freundlich sein?

»Hast du dich verlaufen, Kleiner?«

Was die Hände anging, konnte ich noch nicht sicher sein, aber die Stimme klang nett. Und er sprach direkt mit mir. Das hatte der erste Mann nie getan. Und er hatte sich auch nie zu mir heruntergekniet, um mit mir zu reden.

Der Mann wirkte vertrauenswürdig. Ich lief auf ihn zu.

Dann nahm er mich in seine großen Hände, die mich ganz umfassten. Und die Hände waren freundlich. Obwohl er mich kurz hoch über seinen Kopf hob, war ich erleichtert. Es machte mir auch nichts aus. Er senkte die Arme auch sofort wieder und drückte mich an seine Brust. Er roch nach Rauch, Schweiß, Staub und Natur. Köstlich!

»Ein hübsches kleines Kerlchen bist du. Siehst aus wie ein reinrassiger Retriever. Wo kommst du her, Kerlchen?«

Ich leckte dem Mann über das von Bartstoppeln raue Kinn. Er lachte.

Ja, beschloss ich, *ich könnte Kerlchen heißen.* Bei diesem Mann konnte ich bleiben. Ich konnte sein Hund sein, tun, was er mir sagte, und ihm folgen, wohin er ging. So sollte es doch sein, oder nicht? Dass ich bei einem Menschen blieb? Da war ich mir ziemlich sicher. Es fühlte sich richtig an.

Der Mann trug mich zu seinem Laster und ließ mich auf den Beifahrersitz plumpsen. Dann kletterte er neben mir auf die Bank. Das gefiel mir! Noch besser wurde es, als er den Wagen startete. Das Fenster war einen Spalt breit offen, und tolle neue Gerüche wehten herein.

Ich stützte mich mit den Vorderpfoten gegen die Scheibe und versuchte, meine Nase möglichst weit in den kühlen Luftzug zu strecken. Das machte Spaß, auch wenn ich jedes Mal herunterpurzelte, wenn das Auto eine Bodenwelle traf oder eine Kurve nahm. Der Mann lachte und griff nach mir, um mich mit seiner warmen, großen, freundlichen Hand festzuhalten.

Dann bog er plötzlich scharf ab, und ich fiel auf den Boden des Lasters. Kein Problem. Hier unten roch es auch interessant. Mit quietschenden Bremsen hielt der Wagen, und der Mann schaute mich an.

»Wir stehen im Schatten«, erklärte er mir.

Ich legte die Vorderpfoten auf den Sitz und sah ihn an. Dann hüpfte ich auf den Sitz und warf einen Blick aus dem Fenster. Wir standen vor einem Haus mit vielen Türen. Der Mann deutete mit einem Nicken auf eine der Türen neben einem dunklen Fenster.

»Ich bin in ein paar Minuten wieder da«, versprach er und kurbelte die Fenster hoch. »Sei brav.«

Dass er ging, merkte ich erst, als er ausstieg und die Tür hinter sich zuwarf. Hey, warte mal! Was ist mit mir? War ich jetzt nicht sein Hund? Sollte ich ihm nicht folgen, wohin er auch ging?

Ich beobachtete, wie der Mann in dem Gebäude verschwand, und ließ mich dann auf den Sitz plumpsen, um zu warten. Ich fand einen Lappen und kaute eine Weile darauf herum, aber besonders gut schmeckte er nicht. Gelangweilt legte ich mich für ein Nickerchen hin. Die Sonne war gewandert und schien nun schön warm durch das Fenster auf meinen Rücken.

Als ich aufwachte, war die Sonne mehr als warm. Sie war *heiß*.

Die Luft im Wagen war feucht und roch abgestanden. Ich fing an zu hecheln. Dann musste ich winseln. Ich legte die Pfoten ans Fenster, um zu sehen, ob der Mann wiederkam. Keine Spur von ihm! Und das Fenster war so heiß, dass es an meinen Pfoten brannte. Ich ließ mich zurück auf den Sitz fallen und lief auf der Bank hin und her. Das Hecheln half auch nichts. Es war unerträglich stickig.

Plötzlich verschwamm alles vor meinen Augen, und die Umrisse der Sachen im Auto wurden unscharf. Ich legte mich auf den Sitz und dachte an die Wasserschüsseln, die der Mann uns immer gebracht hatte, an die Pfütze auf dem Weg, an die kühlen, frischen Gerüche im Wind.

Die Zunge hing mir bald so weit aus dem Mund, dass sie den Sitz berührte, aber jeder weitere Atemzug, der meinen Mund mit mehr heißer Luft füllte, machte alles nur noch schlimmer. Ich zitterte am ganzen Körper.

Ich schaffte es nicht mehr aufzustehen und aus dem Fenster zu schauen. Ich konnte nur den Blick zu der Scheibe heben.

Da starrte ein Gesicht herein! Klar sehen konnte ich es nicht, und es drang auch kein Geruch zu mir durch. Aber bestimmt war es der Mann. Er würde eine Tür aufmachen. Er würde mich hier rausholen!

Das Gesicht verschwand.

Vor Enttäuschung sackte ich in mich zusammen. Mit einem Mal fühlte ich mich so schwer, es war, als würde ich gleich ganz in dem weichen Polster versinken. Ohne dass ich es wollte, zuckten meine Pfoten.

Plötzlich krachte es gewaltig. Der ganze Wagen wackelte auf den Rädern. Ein Stein landete neben mir auf der Sitzbank und durchsichtige, glänzende Kiesel regneten auf meinen Rücken. Ich hob den Kopf, und wie ein kühler Kuss wehte mir durch das zerbrochene Fenster ein Windhauch entgegen.

Hände griffen mich. Es waren nicht die Hände des Mannes; sie waren kleiner, weicher und sogar noch sanfter. Ich konnte mich nicht bewegen. Aber ich wurde hochgehoben und erkannte ein besorgtes Gesicht umrahmt von langen schwarzen Haaren. Das Gesicht einer Frau.

»Du armer Welpe. Du armer, armer Welpe«, flüsterte sie.

Ich heiße Kerlchen, dachte ich bei mir.

Ehe ich mich versah, lag ich auf weichem Gras, während mich ein Rinnsal aus kaltem, sauberem Wasser von Kopf bis Fuß benetzte. Die Frau stand über mir und hielt eine Plastikflasche in Händen. Nichts hatte sich je so gut angefühlt.

Ich erschauderte vor Wonne und hob den Kopf, um in den Strahl aus süßem Wasser zu lecken und zu beißen.

»So ist es gut, Welpe. So ist es gut«, ermutigte mich die Frau.

In der Nähe stand jemand – aber es war nicht der Mann, der mich im Auto zurückgelassen hatte. Ein anderer. Er musterte mich eingehend.

»Glaubst du, er wird wieder?«, fragte die Frau.

»Sieht ganz so aus, als würde das Wasser seine Wirkung tun«, antwortete er.

Beide schienen beunruhigt, aber ich spürte auch Fürsorge und Zuneigung in ihnen. Genau solche Menschen hatte ich finden wollen, als ich mich hinaus in die Welt gewagt hatte. Ich rollte mich auf den Rücken, damit das Wasser meinen heißen Bauch abkühlen konnte, und die Frau lachte.

»So ein süßer Welpe!«, rief sie. »Was für einer ist das wohl?«

»Sieht aus wie ein Golden Retriever«, erwiderte der Mann. »Und, ähm, es ist ein Junge.«

»Oh, du Welpe«, murmelte die Frau.

Ja, ich könnte Welpe heißen, oder Kerlchen, oder was auch immer sie wollten. Dann hob mich die Frau hoch, ohne den großen Wasserfleck, den ich auf ihrer Bluse hinterließ, zu beachten. Ich küsste ihr Gesicht, bis sie die Augen schloss und kicherte.

»Du kommst mit uns nach Hause, Kumpel«, erklärte sie mir. »Ich muss dir jemanden vorstellen.«

Sie trug mich fort von dem Laster und hinein in ein Auto. Während sie fuhr, lag ich auf ihrem Schoß. Schnuppernd kuschelte ich mich an sie. Sie roch sauber wie Seife und süß wie Blumen, und dann war da noch der Duft eines mir völlig fremden Tieres an ihrer Kleidung. Hin und wieder nahm sie eine Hand vom Lenkrad, um mich zu streicheln. Schön.

Einmal hielt sie an und ließ mich im Wagen. Ich lief unruhig auf und ab und winselte, aber sie hatte das Fenster einen Spalt breit offen gelassen und kam gleich wieder zurück. Ich rollte mich auf ihrem Schoß ein, bis ich mich besser fühlte. Schließlich raffte ich mich auf und schaute mich ein bisschen um. Aus zwei Schlitzen strömte kalte, reine Luft in mein Gesicht. Ich schnupperte in den Luftzug, da musste ich den Kopf schütteln und mir flogen die Wassertropfen von den Ohren. Die Frau lachte.

Wegen der kalten Luft auf meinem nassen Fell fing ich an zu bibbern, also kletterte ich auf den Boden, wo es wärmer war. Dort lag ein Teppich, weich und rau zugleich, und ich rollte mich zusammen, bereit für ein kleines Nickerchen.

Als das Auto hielt, wachte ich auf. Die Frau griff mit ihren sanften Händen nach mir und hob mich hoch. Verschlafen blinzelte ich sie an.

»Ach bist du süß«, flüsterte sie. Als sie mich an ihre Brust drückte, konnte ich ihren Herzschlag spüren. Sie war aufgeregt. Ich gähnte und schüttelte die Müdigkeit ab. Als sie mich absetzte, hockte ich mich ins Gras und machte Pipi. Jetzt konnte ich mich dem stellen, was die nette Frau so aus der Ruhe brachte.

»Ethan«, rief sie. »Komm her! Ich will dir jemanden vorstellen.«

Ich sah neugierig zu ihr hoch. Wir standen vor einem großen weißen Haus, und ich fragte mich, was ich dort drinnen vorfinden würde. Gab es da Käfige? Andere Hunde? Einen großen Hof mit einem Holzzaun?

Die Haustür flog auf, und ein Mensch stürmte heraus. Eine neue Art Mensch. So einen hatte ich noch nie gesehen.

Er sprang die Steinstufen hinunter und landete im Gras. Sein Haar war so dunkel wie das der Frau, aber es war kurzgeschnitten und endete über den Ohren. Der Frau reichte er nicht einmal bis zur Schulter.

Er starrte mich an. Und ich ihn. Da begriff ich, dass er ein junger Mensch war. Ein Kind. Ein Junge. Er strahlte mich an und streckte die Arme nach mir aus.

»Ein Welpe!«, rief er.

Wir rannten aufeinander zu. Er ließ sich auf die Wiese fallen und nahm mich hoch. Ich konnte nicht aufhören, ihm das Gesicht abzulecken. Er konnte nicht aufhören zu kichern. Wir kugelten gemeinsam durchs Gras.

Ich hatte nicht gewusst, dass es auf der Welt so etwas wie einen Jungen gab. Aber nun, da ich einen gefunden hatte, war ich mir sicher, dass es nichts Besseres gab. Er roch faszinierend, nach Schweiß und Seife und Schmutz und etwas Fleischigem, dass er wohl eben gegessen hatte. Außerdem war da noch dieser Geruch nach fremdem

Tier, den ich schon an der Kleidung der Frau wahrgenommen hatte. Ich vergrub meine Nase in seinem Haar und schnupperte, was das Zeug hielt.

Ein Junge! Danach musste ich gesucht haben, als ich den Hof verließ. Nach einem Jungen wie diesem.

3

Am Ende dieses ersten Tages kannte ich den Jungen schon ziemlich gut. Ich wusste nicht nur, wie er roch, sondern auch, wie er aussah, wie seine Stimme klang und wie er sich bewegte. Seine Augen wirkten hell neben seinem dunklen Haar. Und wenn er mich ansah, war da etwas in seinem Blick, als wollte er mehr als nur schauen – als wollte er mich auswendig lernen. Und seine Stimme sprudelte vor Freude nur so über, wenn er mit mir sprach. Aber für den Augenblick badete ich einfach in seinem Duft, kroch unter sein T-Shirt und leckte ihm den Essensgeruch von den Händen.

»Können wir ihn behalten, Mom? Können wir ihn behalten?«, keuchte der Junge zwischen zwei Lachanfällen.

Die Frau hockte sich hin und tätschelte mir den Kopf. »Nun ja, du kennst deinen Vater, Ethan. Er wird hören wollen, dass du dich um ihn kümmerst …«

»Das werde ich! Das werde ich!«

»Du musst ihn spazieren führen und füttern …«

»Jeden Tag! Ich gehe mit ihm Gassi, füttere ihn und kämme ihn und gebe ihm Wasser …«

»Und du musst seine Häufchen im Garten wegräumen.«

Darauf antwortete Ethan nicht.

»Im Laden habe ich Welpenfutter gekauft. Machen wir ihm Abendessen. Du wirst nicht glauben, was passiert ist. Ich musste zur Tankstelle fahren und eine Flasche Wasser holen. Das arme Ding wäre beinahe an einem Hitzekollaps gestorben«, sagte die Frau.

Ethan hörte gar nicht mehr richtig zu. »Hast du Hunger? Hm? Fressen?«, fragte er und hielt sein Gesicht ganz nah an meines.

Das klang nicht schlecht. Und dann passierte etwas Unglaubliches. Der Junge hob mich hoch und trug mich direkt ins Haus! Dass so etwas überhaupt möglich war! Hieß das, ich würde nicht in einem Drahtkäfig mit Betonboden leben? Dass ich wohnen durfte, wo die Menschen wohnten?

Hier gefiel es mir immer besser.

Manche der Böden waren weich, und es hing der Geruch dieses Tieres darin, den ich schon an der Frau und dem Jungen bemerkt hatte. Andere Böden waren glatt und hart, und mir rutschten die Pfoten weg, als ich versuchte, dem Jungen überallhin zu folgen.

Als Ethan bemerkte, dass mir das Laufen schwerfiel, trug er mich. Eine Woge der Liebe ging von ihm aus. Sie war so stark, dass mir ganz flau im Magen wurde, fast als hätte ich Hunger. Ich leckte ihm über das Kinn. Er sollte wissen, dass ich schon jetzt genauso fühlte.

Er setzte mich neben einem Napf ab und füllte ihn mit etwas Köstlichem. Ich stürzte mich darauf. Es war lange her, dass ich zuletzt mit meinen Geschwistern gefressen hatte. Als ich fertig war, füllte Ethan den Napf wieder auf und gab mir dazu noch Wasser. Dann balgten wir. Er ließ ein Stofftuch vor meiner Nase hin und her baumeln, und als ich danach schnappte, zog er daran. Ich zerrte aus Leibeskräften und knurrte, so wild ich nur konnte. Da bekam er einen Lachanfall und ließ das Tuch fallen. Triumphierend schüttelte ich den Lappen. Meins! Ich hatte gewonnen!

Plötzlich erschütterte eine Vibration das Haus, und ich hörte ein Knallen. Dieses Geräusch bedeutete, dass eine Autotür zugeworfen wurde, das wusste ich inzwischen.

»Dein Vater ist zu Hause«, sagte die Frau, die Mom hieß.

Ethan stand auf und wandte sich der Vordertür zu. Mom stellte sich neben ihn. Ein paarmal schüttelte ich noch den Lappen, aber ohne den Jungen war das Spielzeug nicht halb so interessant.

Die Tür ging auf. »Hallo, Dad!«, rief Ethan.

Ein Mann betrat den Raum und blickte zwischen dem Jungen und der Frau hin und her. »Okay, was ist los?«, fragte er.

Ich machte einen Satz nach vorne und griff die Schnürsenkel des Jungen an. Der Blick des Mannes fiel auf mich.

»Dad, Mom hat diesen Welpen gefunden ...«, begann Ethan.

»Er war in einem Auto eingeschlossen, von der Hitze halbtot«, fügte Mom hinzu.

»Können wir ihn behalten, Dad?«

Ich riss energisch am Schnürsenkel. Er wehrte sich.

»Also, ich weiß nicht«, erwiderte der Mann und schüttelte den Kopf. »Hast du eine Ahnung, wie viel Arbeit so ein Welpe macht? Du bist erst acht, Ethan. Das ist zu viel Verantwortung.«

Ich zerrte noch fester, und der Schnürsenkel gab nach. Ich wollte mit ihm davonrennen, aber irgendwie war er noch mit dem Fuß des Jungen verbunden. Ich wurde zurückgerissen und überschlug mich Hals über Kopf. Knurrend hechtete ich erneut auf die Schuhe, schnappte den Schnürsenkel und schüttelte ihn wütend.

»Ich passe auf ihn auf und ich gehe mit ihm spazieren, füttere ihn und wasche ihn«, sagte Ethan. »Er ist der beste Welpe der Welt, Dad! Er ist schon stubenrein!«

Der Schnürsenkel hatte aufgegeben und hing schlaff in meinem Maul. Nun, da ich ihm gezeigt hatte, wer hier der Boss ist, beschloss ich, eine kleine Pause einzulegen. Ich ging in die Hocke und hinterließ auf dem Teppich einen nassen Fleck, dann setzte ich noch ein Häufchen obendrauf.

Plötzlich wurden die Menschen hektisch.

Ich wusste nicht genau, was sie da anstellten mit ihren feuchten Tüchern, dem quadratischen weichen Papier und einem Spray, das so stechend war, dass mir die Augen tränten, aber als sie es endlich erledigt hatten, hob der Junge mich wieder hoch. Er setzte sich auf den Boden, nahm mich auf den Schoß und lehnte sich gegen einen Sessel.

Mom und Dad setzten sich ebenfalls.

»George?«, sagte Mom.

»George?«, wiederholte Ethan. »Hierher, George! Hallo, George!«

»Skippy?«, fragte Dad.

»Skippy!«, sagte Ethan. »Heißt du Skippy? Hierher, Skippy!«

Das wurde mir zu anstrengend. Ich legte mich hin und bettete meinen Kopf für ein Nickerchen auf Ethans Bein.

Als ich wieder aufwachte, hatten die Menschen dieses Spiel immer noch nicht satt. Wenigstens ging Ethan jetzt mit mir in den Garten. Dort gab es viel gutes Gras und schmackhafte Stöckchen, Eicheln und Laub. Und es gab den Jungen, das beste Spielzeug überhaupt.

»Hier, Bailey! Hier, Bailey!«, rief Ethan und schlug mit der flachen Hand gegen sein Bein. Natürlich rannte ich zu ihm. Warum sollte ich nicht bei dem Jungen sein wollen? Er rannte weg, und ich jagte ihm in einem großen Kreis hinterher. »Bailey! Bailey!«, rief er jetzt. »Er heißt Bailey!«

Na klar, dann war ich Bailey. Wenn der Junge das wollte, würde ich mit Freuden für immer Bailey heißen.

In den nächsten Tagen, während ich mich langsam an mein neues Heim gewöhnte, folgte ich Ethan auf Schritt und Tritt. Der Unterschied zu meinem Leben im Käfig mit meiner Mutter und meinen Geschwistern war gewaltig. Zum einen gab es da dieses seltsame Tier, das ich schon an Moms und Ethans Kleidern und in den Teppichen gerochen hatte.

»Bailey, darf ich dir Smokey, den Kater, vorstellen«, meinte Ethan, nicht lange nachdem ich meinen neuen Namen bekommen hatte. Er trug mich fest an die Brust gedrückt zurück ins Haus und stellte sich so hin, dass ich das Tier sehen konnte. Es war nicht viel größer als ich und saß mitten auf dem Boden. Sein Fell war braun-grau, und es hatte kleine Ohren, die aussahen, als könnte man gut hineinbeißen. Als Smokey mich erblickte, wurden seine Augen groß und dunkel.

Das also war eine Katze?

Ich versuchte mich aus Ethans Griff zu befreien, um mit meinem neuen Freund zu spielen, aber der Junge ließ nicht locker.

»Smokey, das ist Bailey«, sagte er.

Langsam beugte er sich vor und setzte mich ab. Ich rannte zu Smokey. In meinem neuen Zuhause gab es nicht nur einen Jungen, es gab auch noch etwas in meiner Größe und mit Fell, jemand, mit dem ich meine Kräfte messen konnte! Noch besser konnte es nicht mehr werden!

Gerade wollte ich meinen neuen Freund mit einem Lecken begrüßen, da zog er seine Lefzen hoch und zeigte mir eine Reihe kleiner, aber tödlich spitzer Zähne. Dann machte er einen Buckel, so dass er plötzlich viel größer wirkte. Ein scharfes Fauchen entfuhr ihm. Das sah überhaupt nicht nett aus!

Aber gleichzeitig wedelte er mit dem Schwanz. Verwirrt bremste ich ab. Wollte dieser Kater mit mir spielen oder nicht?

Der Schwanz wurde immer buschiger, anscheinend stellte sich jedes einzelne seiner Haare auf, und Smokey hörte auf zu wedeln. Stattdessen reckte er den Schwanz nun senkrecht nach oben. Ganz langsam näherte ich mich, um ihm mit einem freundlichen Schnüffeln unter dem Schwanz zu versichern, dass ich völlig harmlos war. Aber das hatte er wohl nicht richtig verstanden, denn er sprang davon und fauchte mich an, die Pfote mit den scharfen Krallen hocherhoben.

»Ach, Smokey, sei lieb. Sei ein lieber Kater«, redete Ethan ihm gut zu.

Smokey starrte Ethan böse an. Ich wollte mich immer noch von meiner besten Seite zeigen, also leckte ich die Schnauze des Katers mit meiner warmen Zunge ab. Im Gegenzug schlug er mir mit diesen scharfen Krallen auf die Nase.

Na gut, damit war die Sache für mich erledigt. Ich war bereit mit Smokey zu spielen, wann immer er Lust darauf hatte, aber im Augenblick hatte ich Wichtigeres zu tun, als mich mit einer schnöseligen Katze herumzuschlagen. Ich musste meine neue Familie kennenlernen und mein neues Heim erkunden.

Der Junge lebte in einem kleinen Zimmer voller wundervoller Spielsachen, auf denen man toll herumkauen konnte. Mom und Dad teilten sich ein Zimmer, in dem es überhaupt kein Spielzeug gab. Dann war da noch ein kleiner weißer Raum mit einer großen Wasserschüssel, aus der ich trinken konnte, wenn ich hineinkletterte. Spielsachen gab es hier auch nicht, abgesehen von der Rolle aus dünnem Papier, die an der Wand hing. Wenn ich die mit den Zähnen zu greifen bekam, rollte sich das Papier ab, wickelte sich um mich und folgte mir den Flur entlang. Das machte Spaß, zumindest die ersten Male.

Aber andere Räume gefielen mir besser, besonders der, der nach Essen roch. Frustrierend war nur, dass ich nicht an das Essen herankam. Alles war hinter verschlossenen Türen verstaut, die ich nicht öffnen konnte.

Jedes Mal, wenn ich mich hinhockte und Pipi machen wollte, drehte die ganze Familie durch: Sie schnappten mich, rannten aus der Tür und ließen mich in die Wiese plumpsen. Dort beobachteten sie mich aufmerksam, bis ich mich von dem Schock erholt hatte und mein Geschäft erledigen konnte. Wenn ich das dann tat, lobten sie mich so sehr, dass ich mich schon fragte, ob sie mich nur deshalb bei sich aufgenommen hatten. Daran schienen sie jedenfalls das größte Interesse zu haben.

Seltsam war nur, dass mich niemand lobte, wenn ich genau dasselbe auf dem Teppich im Haus tat! Und wenn ich mich auf das Papier hockte, das sie mir zum Zerfetzen auf den Boden gelegt hatten, bekam ich ein bisschen Lob – aber nicht viel.

Das war alles sehr verwirrend.

»Nein!«, riefen Mom oder Ethan, wenn ich eine Pfütze auf dem Boden hinterließ. »Guter Junge!«, trällerten sie, wenn ich auf der Wiese pinkelte. »Na gut, in Ordnung«, sagten sie, wenn ich das Papier nass machte. Was war bloß mit denen los, das kapierte ich einfach nicht.

Mom lachte, wenn ich mit Ethans Socken kämpfte, und sie kraulte mir die Ohren, wenn ich in der Sonne döste. Dad schenkte mir nicht viel Aufmerksamkeit, obwohl es ihm anscheinend gefiel, wenn ich frühmorgens aufstand und ihm beim Frühstücken zusah. Natürlich achtete ich mit Scharfblick darauf, ob Toastkrümel oder Rührei auf dem Boden landeten.

Aber keiner von ihnen liebte mich so wie Ethan. Ich spürte Ethans Zuneigung, immer wenn wir zusammen waren. Und das leuchtete mir völlig ein. Ethan war mein Junge.

4

An manchen Abenden saßen Dad und Ethan gemeinsam an einem Tisch und redeten leise, während ein seltsam stechendes Aroma die Luft erfüllte, das mir Tränen in die Augen trieb. Ich durfte auf Dads Füßen liegen. Das war nett, weil Ethans Füße nicht bis zum Boden reichten.

»Schau nur, Bailey, wir haben ein Flugzeug gebaut«, sagte der Junge nach einer dieser Sitzungen und hielt mir ein Spielzeug vor die Nase. Ich musste blinzeln und wich vor dem Geruch zurück. Es nehmen oder darauf herumkauen wollte ich nicht. Der Junge lief mit seinem Spielzeug durchs ganze Haus und machte Autogeräusche – »Brumm, Brumm!«

Ich half mit und jagte ihn.

Später stellte er das Flugzeug zu anderen Spielzeugen, die genauso rochen, in ein Regal. Damit hatte sich die Sache, bis er und Dad beschlossen, etwas Neues zu bauen.

»Das ist eine Rakete, Bailey«, erklärte Ethan mir und

zeigte mir etwas, das wie ein Stöckchen aussah. Aber wozu brauchte man ein Stöckchen, das zu schlecht roch, um darauf herumzukauen? Ich drehte meinen Kopf weg.

»Eines Tages landen wir auf dem Mond, und dann leben auch Menschen da oben. Willst du ein Weltraum-Hund sein?«

Ich erkannte das Wort *Hund*, und es klang nach einer Frage, also wedelte ich mit dem Schwanz. *Ja*, dachte ich, *ich putze gerne die Teller, wenn es das ist, was du meinst.*

Tellerputzen war ein Spiel, bei dem der Junge einen dreckigen Teller auf den Boden stellte, und ich ihn ableckte, bis er glänzte. Das war eine meiner Aufgaben, aber nur wenn Mom gerade nicht hinsah.

Die meiste Zeit aber war es mein Job, bei dem Jungen zu sein. Wenn es abends dunkel wurde, trug er mich in sein Zimmer. Mit meinen kurzen Beinen konnte ich die Treppe nicht alleine erklimmen. Dort gab es eine Kiste mit einem weichen Kissen, in die er mich hineinlegte.

Ich wusste, dass ich in der Kiste bleiben musste, bis Mom und Dad kamen, um gute Nacht zu sagen. Dann rief der Junge mich leise, und ich kletterte mit seiner Hilfe auf das Bett. Wir kuschelten uns aneinander. Und wenn ich mitten in der Nacht aufwachte und mich langweilte, konnte ich immer an dem Jungen knabbern.

Tagsüber spielten Ethan und ich oft im Garten, wo es genügend Platz für die besten Rauf- und Jagdturniere gab. Und dann eines Tages hängte Ethan eine lange Leine an mein Halsband und zeigte mir einen komplett neuen Ort – »die Nachbarschaft«.

Ethan rannte den Bürgersteig entlang, ich folgte ihm auf dem Fuß. Bald waren wir von einer Gruppe Jungen und Mädchen umringt. Manche waren kleiner als Ethan, andere größer, aber alle streckten die Hände aus, um mich eifrig zu streicheln.

Das ließ ich mir gern gefallen. Ich lehnte mich gegen ihre Hände und leckte ihre Finger ab und lauschte ihrem Lachen.

»Das ist mein Hund Bailey«, erklärte Ethan stolz. Er hob mich hoch, und ich wedelte beim Klang meines Namens mit dem Schwanz. »Schau, Chelsea«, sagte er und überreichte mich einem Mädchen in seiner Größe. »Er ist ein Golden Retriever. Meine Mom hat ihn gerettet. Er war in einem Auto und wäre beinahe an einem Hitzekollklaps oder so gestorben. Wenn er alt genug ist, nehme ich ihn mit auf die Farm von meinen Großeltern.«

Chelsea drückte mich an sich und blickte mir in die Augen. Ihr Haar war lang und sogar noch heller als meines. Außerdem roch sie sehr interessant: nach Zucker und Milch und Blumen und nach einem anderen Hund.

»Du bist süß. Du bist so süß, Bailey. Ich liebe dich«, trällerte sie.

Ich mochte Chelsea. Immer wenn wir in der Nachbarschaft waren und sie mich entdeckte, hockte sie sich hin und ließ mich in ihr langes, blondes Haar beißen. Schon bald erfuhr ich, dass der Hundegeruch an ihrer Kleidung von Marshmallow stammte. Das war ein langhaariger, braun-weißer Hund, der älter war als ich. Wenn Chelsea Marshmallow mitbrachte, balgten wir ausgiebig. Manchmal gesellte sich auch Ethan zu uns, und wir spielten und spielten und spielten.

»Bailey!«, lachte Ethan, wenn ich sein T-Shirt zu greifen bekam und zog. »Hier, Bailey«, rief er, und ich rannte zu ihm und warf mich auf ihn. »Bailey, Bailey, Bailey«, flüsterte er mir nachts ins Ohr.

Ich liebte meinen Namen, wegen der Art, wie der Junge ihn aussprach. Immer wenn Ethan ihn rief, lief ich zu ihm. So lernte ich meinen ersten Trick – *Komm*.

Ethan rief »Bailey!«, und während ich auf ihn zutrabte, fügte er ein »Komm!« hinzu. Dann gab es ein Leckerli. Toll! Ziemlich schnell lernte ich, dass ich zu jedem, der »Komm« sagte, laufen musste, sogar zu Mom und Dad.

Es gab auch noch andere Tricks. »Sitz, Bailey, sitz«, sagte Ethan zum Beispiel. Er kletterte auf mich drauf und drückte mein Hinterteil auf den Boden. Dann schenkte er mir einen Hundekeks. Das machte zwar nicht so viel Spaß wie *Komm*, aber der Junge schien es zu mögen, also fügte ich mich.

Hundetür spielte Ethan auch gerne. Wir gingen gemeinsam in die Garage, einen großen, fast leeren Raum, der nach Metall, schmutziger Luft, leckerem Abfall und stechend nach einem Zeug, das Benzin hieß, roch. In der Garage gab es eine Tür mit einer Plastikklappe darin, die in den Garten führte. Ethan rief »Hundetür« und schubste mich durch die Klappe und auf die Wiese. Wenn ich meine Nase zurück durch die Klappe steckte, bekam ich meinen Keks.

Eines Tages spielten wir sehr oft *Hundetür*. An diesem Abend fiel mir auf, dass meine Beine lang genug waren, um ganz ohne Hilfe auf Ethans Bett zu hüpfen. Das war nicht schlecht, denn die Nächte wurden allmählich kühler. Die Tatsache, dass ich, wann immer ich wollte, auf das Bett springen und mich an meinem Jungen aufwärmen konnte, gefiel mir.

Der Junge liebte mich. Ich liebte ihn. Wir waren ununterbrochen zusammen: Von dem Moment an, in dem wir aufwachten, bis zu dem Augenblick, in dem wir einschliefen.

Aber dann änderte sich alles.

Am Morgen, nachdem wir so viel *Hundetür* gespielt hatten, stand der Junge früh auf, schon kurz nach Sonnenaufgang. Mom rannte von einem Zimmer ins nächste. Alle waren aufgeregt. Die Stimmung steckte mich an, und ich wich Ethan nicht von der Seite. Was unternahmen wir heute zusammen?

»Kümmere dich um Bailey!«, rief Mom auf einmal. Auf der Anrichte sitzend starrte Smokey der Kater mich an. Es war so unfair, dass er all den guten Gerüchen so nahe kommen konnte, und ich nicht. Heftig schüttelte ich mein neues Kauspielzeug, um ihm zu zeigen, dass es mir egal war.

»Bailey!«, rief der Junge, und ich hörte ein lustiges klopfendes Geräusch. Sofort lief ich hin, um zu sehen, was los war. Er zog mein Hundebett hinter sich die Treppen herunter. Warum tat er das? Brauchte er meine Hilfe? Er trug das Bett in die Garage, und ich folgte ihm.

»Hundetür«, sagte der Junge zu mir.

Ich schnüffelte an seinen Taschen. Er hatte keine Kekse dabei. *Hundetür* spielen ohne Kekse? Worin bestand da der Sinn? Ich wandte mich ab und hob mein Bein an einem Fahrrad.

»Bailey!« Ungeduld schwang in der Stimme des Jungen mit, und mir fiel ein, wie seltsam die Menschen in meiner Familie reagierten, wenn ich so etwas Stinknormales tat, wie mein Revier mit etwas Urin zu markieren. Ich senkte das Bein wieder und sah ihn an.

»Du schläfst hier, okay, Bailey?«, sagte Ethan. »Sei ein guter Hund. Wenn du mal musst, gehst du durch die Hundetür, ja? Hundetür, Bailey. Ich muss jetzt in die Schule. Okay? Ich hab dich lieb, Bailey.«

Ethan umarmte mich und kraulte mich angenehm fest unter dem Halsband. Ich leckte ihm das Ohr und die Nase ab. Als er wieder ins Haus gehen wollte, folgte ich ihm natürlich. Aber an der Tür, die in die Küche führte, blieb er stehen und schüttelte den Kopf.

»Nein, Bailey, du bleibst in der Garage, bis ich nach Hause komme. Hundetür, okay, Bailey? Sei ein braver Hund.«

Und er schlug mir die Tür vor der Nase zu!

Ich verstand nicht, dass mein Junge so etwas tun konnte! Er war durch die Tür gelaufen und hatte sie hinter sich geschlossen, so dass ich auf der einen und er auf der anderen Seite war. Und was sollten all die Worte, die er zu mir gesagt hatte, bedeuten? *Bleib? Hundetür? Braver Hund?* Wo war da die Verbindung? Wollte er, dass ich etwas tat, damit er mir einen Keks geben konnte? Was war *Bleib* noch mal?

Und wo war der Junge hingegangen? Warum ging er ohne mich weg?

Das alles war vollkommen rätselhaft! Ich schnüffelte die Garage ringsum ab. Die Gerüche waren interessant, anders als die im Haus, aber ich war nicht in der Stimmung zum Auskundschaften. Ich wollte meinen Jungen!

Ich bellte.

Die Tür zum Haus blieb fest verschlossen.

Ich kratzte daran.

Aber es tat sich nichts.

Kinder johlten vor dem Haus, und in der Hoffnung, dass es sich öffnen würde, rannte ich zum großen Garagentor. Manchmal tat es das, und dann fuhren Mom oder Dad mit dem Auto hinein oder heraus. Aber dieses Mal geschah nichts. Das große Tor blieb, wo es war.

Etwas, das laut war wie ein Lastwagen, schluckte die Stimmen der Kinder und trug sie davon. Wenige Minuten später hörte ich Moms Auto wegfahren. Und die Welt, die sonst so voller Leben, Spaß und Lärm war, wurde plötzlich still. Schrecklich still.

Ich bellte eine Weile. Bestimmt würde mich jemand hören und bemerken, dass ich in der Garage eingeschlossen war, und mich rauslassen!

Allerdings kam es nicht so. Mein Bellen hatte überhaupt keine Wirkung.

Ich schnüffelte an der Tür zum Haus. Smokey war auf

BAILEY

der anderen Seite und mit Sicherheit freute er sich, dass ich hier war und er dort sein durfte.

Ich kratzte an der Tür. Ich kaute auf ein paar alten Schuhen herum, die ich in einer Ecke gefunden hatte. Ich zerfetzte mein Hundebett. Ich fand eine zugebundene Plastiktüte voller Kleider, die ich mit den Zähnen aufriss. Die Sachen verstreute ich in der Garage. Ich verrichtete mein kleines Geschäft in einer Ecke, das große in einer anderen. Ich kippte einen Metallcontainer um, der herrlich duftete. Darin fand ich etwas Hühnchen, ein paar Spaghetti und eine halbe Waffel. Das alles verleibte ich mir ein, dann leckte ich noch eine Fischdose aus, die roch wie Smokeys Atem. Ich verspeiste ein bisschen Papier. Zuletzt warf ich noch meinen Wassernapf um und kaute auf ihm herum.

Es gab nichts zu tun.

Wann kamen die Menschen zurück? Wo war mein Junge? Jetzt da ich den Jungen gefunden und erkannt hatte, dass es meine Aufgabe war, mit ihm zusammen zu sein, wie konnte er da einfach so weggehen und mich zurücklassen? Als ich den großen Hof hinter mir ließ und hinaus in die Welt zog, um mein Glück zu finden, hatte ich mir so etwas nicht vorgestellt.

War ich jetzt für immer allein?

5

Am Ende des längsten Tages in meinem Leben, hörte ich Moms Auto in die Einfahrt biegen. Die Autotür fiel zu und schnelle Schritte stampften durch das Haus.

»Bailey!«, rief der Junge, und die Tür zur Garage flog auf.

Überglücklich sprang ich Ethan an. Er war wieder da! Er war gekommen, um mich zu retten! Wir plumpsten auf den Küchenboden. Aber er schob mich beiseite, während ich all die ungewohnten Gerüche an seiner Kleidung einsog. Er stand auf und blickte in die Garage.

»Oh, Bailey«, sagte er und klang dabei traurig.

Warum um alles in der Welt war er traurig, nachdem wir endlich wieder zusammen waren? Das war doch so aufregend! Ich preschte an ihm vorbei und schlitterte ins Haus, hüpfte über die Möbel. Als ich Smokey entdeckte, jagte ich ihn bellend die Treppe hoch und unter Moms und Dads Bett. Mit wild wedelndem Schwanz flitzte ich anschließend wieder die Treppe hinunter zu Ethan.

Mom stand jetzt neben ihm, und beide sahen durch die Tür in die Garage.

»Bailey! Ruhig jetzt!«, rief Mom streng.

»Böser Hund, Bailey«, sagte der Junge verärgert.

Ich war verdattert. Böser Hund? *Ich?* Sie hatten mich versehentlich in der Garage eingesperrt, mich vergessen und *den ganzen Tag* dort gelassen. Aber ich war bereit, ihnen zu vergeben. Weshalb schauten sie jetzt finster drein und zeigten mit dem Finger auf *mich*?

Wenig später war ich wieder in der Garage und half dem Jungen, mein Spielzeug aufzuheben. Er warf fast alles in die große Mülltonne aus Metall, die ich umgeworfen hatte. Mom kam auch und kümmerte sich um die Kleider, sie sortierte manche in den Müll, manche nahm sie mit ins Haus. Aber niemand lobte mich dafür, dass ich die Sachen gefunden hatte.

Warum hatten sie nur so schlechte Laune? Ich konnte überhaupt nicht so griesgrämig sein. Ich wich Ethan nicht von der Seite und wedelte unaufhörlich mit dem Schwanz. Wann immer es ging, leckte ich ihn ab.

»Hundetür«, sagte der Junge mürrisch. Aber anscheinend hatte er vergessen, wie das Spiel ging: Er schubste mich weder durch die Klappe, noch gab er mir einen Hundekeks. Langsam glaubte ich, dass »Hundetür« dasselbe bedeutete wie »böser Hund«. So eine Enttäuschung! Ich war mir ziemlich sicher, dass ich überhaupt kein böser Hund gewesen war. Hoffentlich würden Mom und Ethan bald wieder bessere Laune bekommen.

Der ganze heutige Tag war ziemlich aufwühlend gewesen, aber ich war durchaus bereit, das alles hinter mir zu lassen. Doch anscheinend sahen die Menschen das anders, denn als Dad heimkam, gab es viel Gerede und sogar etwas Geschrei. Ich bemerkte genau, dass Dad wütend auf mich war. Deshalb schlüpfte ich ins Wohnzimmer und ging ihm aus dem Weg. Smokey saß auf dem Fensterbrett und blickte mich spöttisch an.

Dad und Ethan gingen direkt nach dem Abendessen weg. Mom saß am Tisch und starrte Papiere an. Sie rührte sich nicht einmal, als ich ihr einen wundervoll nassen Ball in den Schoß legte und sie zum Spielen aufforderte. »Igitt, Bailey«, sagte sie.

Als Dad und der Junge wieder nach Hause kamen, rief Ethan mich in die Garage und zeigte mir eine große Kiste aus Holz. Ich schnüffelte sie an; sie roch nach Holz und frischer Farbe. Nicht meine Lieblingsdüfte.

Es schien, als hätte Ethan sich einen neuen Trick ausgedacht. »Hundehütte!«, rief er und kroch in die Kiste. Natürlich krabbelte ich hinterher. Auf dem Boden lag ein dünnes Kissen, auf das wir uns legen konnten. Zu zweit war es da drinnen eng und stickig, aber das machte mir nichts aus. Mein Junge war so lange weg gewesen, da tat es gut, ihm nahe zu sein. Ich leckte ihm die Haare ab.

»Hundehütte, Bailey. Das ist deine Hundehütte«, sagte er.

Dann kroch er wieder ins Freie und holte ein paar Kekse, die das Spiel natürlich noch interessanter machten. *Hundehütte* bedeutete allem Anschein nach *mit Ethan in die Hundehütte klettern und einen Hundekeks essen. Hundetür* übten wir auch noch, dieses Mal aber richtig: Ethan schob mich hinten an, bis ich durch die Klappe kroch, dann bekam ich einen Hundekeks.

Währenddessen lief Dad in der Garage herum, legte Sachen auf hohe Regalbretter und band den Deckel der Metalltonne mit einem Seil zu.

Als der Junge genug von den Tricks hatte, gingen wir ins Haus und rauften eine Weile.

»Zeit fürs Bett«, sagte Mom.

»Mom, bitte. Kann ich noch aufbleiben?«

»Wir müssen morgen beide zur Schule, Ethan. Sag Bailey gute Nacht.«

Mom, Dad und Ethan lieferten sich häufiger solche Wortgefechte, und ich schenkte dem kaum mehr Beachtung. Nur dieses Mal hob ich den Kopf, als ich meinen Namen hörte. Ganz plötzlich wirkte der Junge traurig. Er ließ die Schultern hängen.

»Okay, Bailey«, sagte er, aber da war keine Freude in seiner Stimme. Ich blickte verwirrt zu ihm hoch und legte den Kopf schief. »Schlafenszeit.«

Ich trabte zur Treppe. Aber aus irgendeinem Grund ging Ethan zur Garagentür. Vielleicht wollte er vor dem Schlafengehen noch einmal *Hundehütte* spielen? Kein Problem, solange dabei ein Keks für mich heraussprang.

In der Garage angekommen stellte sich heraus, dass ich recht hatte.

»Hundehütte«, sagte Ethan, aber seine Stimme klang bedrückt.

Ich lief hinüber zu der Holzkiste, blieb dann aber stehen und schaute Ethan an. Kam er nicht mit? Hatte er vergessen, wie das Spiel ging?

Tatsächlich lief Ethan zurück ins Haus und schloss *wieder* die Tür hinter sich!

Ich bellte, wollte ihn auf seinen Fehler aufmerksam machen. Aber *war* das ein Fehler? Oder glaubte er wirklich, dass ich ein böser Hund war? Das konnte nicht sein! Vielleicht weil ich in die Garage gemacht hatte? Aber niemand hatte mich rausgelassen! Oder weil ich mein Hundebett zerbissen hatte? Aber darin schlief ich doch sowieso nie. Das war doch nur Show.

Erwarteten sie wirklich, dass ich die ganze Nacht in der Garage blieb? Alleine?

Das konnte nicht sein!

Die Vorstellung, wie der Junge ohne mich, ganz allein, in seinem Bett lag, war unerträglich. Der Gedanke machte mich so traurig, dass ich Lust bekam, Schuhe zu zerbeißen.

Ich fing an zu winseln. Ganz leise erst, dann immer lauter. Und lauter. Bestimmt würde meine Familie mich hören. Sie würden verstehen, dass ich bei meinem Jungen sein musste!

Fünf Minuten verstrichen. Zehn. Niemand kam.

Mein Heulen wurde lauter.

Nach einer Viertelstunde schob sich die Tür zum Haus einen Spalt breit auf. »Bailey«, flüsterte der Junge. »Sch, Bailey, ist schon gut.«

Beinahe hätte ich vor Erleichterung gebellt, aber ich spürte, dass Ethan das nicht wollte. Ich blieb still und schnüffelte und leckte fieberhaft seine Knie ab, als er mit einer Decke und einem Kissen in den Armen durch die Tür schlüpfte. »Okay, Hundehütte, Hundehütte«, befahl er mir mit leiser Stimme. Und diesmal spielte er es richtig und kroch mit hinein. Ich quetschte mich zu ihm. Dass er keinen Keks hatte, war mir ganz egal.

Ethan zappelte herum, bis die Hälfte der Decke unter ihm lag und die andere Hälfte über seinen Beinen. Gemütlich war es hier drinnen allerdings. Ethans Füße ragten, genau wie meine Hinterbeine, aus der Tür hinaus. Das machte aber nichts. Das bedeutete nur, dass ich ganz nah bei meinem Jungen war. Seufzend legte ich meinen Kopf auf seinen Brustkorb. Er kraulte mir die Ohren.

»Guter Junge, Bailey«, murmelte er.

Und so nahm dieser seltsame und verwirrende Tag doch noch ein gutes Ende. Ich schloss die Augen, und gemeinsam schliefen wir ein.

Kurz darauf weckte mich ein leises Klicken an der Tür zum Haus. Die Klinke wurde hinuntergedrückt. Ich öffnete die Augen und spähte aus der Hundehütte. Im Lichtkegel, der aus der Küche leuchtete, standen Mom und Dad. Zur Begrüßung wedelte ich sanft mit dem Schwanz, aber den Kopf bewegte ich nicht. Ich wollte den Jungen nicht aufwecken.

Schließlich kam Dad zu uns. Vorsichtig zog er Ethan mit der Decke aus der Hundehütte. Selbstverständlich folgte ich ihm. Ethan bewegte sich ein wenig, schlief aber gleich wieder ein, als sein Vater ihn in die Arme nahm.

Mom winkte mich heran. »Sch, Bailey«, flüsterte sie. Dad trug Ethan ins Bett, Mom und ich folgten ihm. Niemand hielt mich auf, als ich zu Ethan ins Bett hüpfte.

Ich legte mich hin und benutzte Ethan als mein Kissen. Ohne die Augen zu öffnen, legte er verschlafen einen Arm um mich.

6

Aber am nächsten Tag stand ich *wieder* in der Garage, als hätte niemand etwas dazugelernt! Was war nur los mit diesen Menschen?

Dieses Mal gab es auch viel weniger zu tun. Ich schaffte es, die Decke vom Boden der Hundehütte zu ziehen und sie ganz schön zu zerfetzen. Dann warf ich die Mülltonne um, aber ich bekam den Deckel nicht ab. Zu dumm, ich roch die Reste der Makkaroni mit Käse von gestern Abend darin.

Auf dem Garagenboden lag nichts mehr herum, das ich zerbeißen konnte. Dad hatte alles auf die oberen Regalbretter geräumt.

Das war gar nicht lustig.

Rastlos wanderte ich zur Hundetür und kratzte daran. Die Klappe bewegte sich, und feuchte, köstliche Luft aus dem Garten wehte herein. In der Nacht hatte es geregnet, und ich liebte es, wie das Wasser in der Luft hing und von den Blättern der Bäume tröpfelte und in einem Schauer niederging, wenn eine Brise aufkam. Feuchte

Luft konnte Gerüche so viel besser festhalten als trockene. Meine Nase schnappte Unmengen an Düften auf: Autoabgase, Moms Rosen, verbrannter Toast von nebenan, nasse Erde, lebendes Blattwerk an den Bäumen und totes Laub auf dem Boden.

Ich lehnte mich mit schwer arbeitender Nase gegen die Hundetür, um die Gerüche aufzusaugen. Ich lehnte mich weiter vor. Und dann, ganz plötzlich, war ich im Garten! Dabei hatte mich Ethan gar nicht geschubst!

Ich jagte durch den Garten und bellte vor Aufregung. Ich war draußen! Ich war draußen und umgeben von all diesen herrlichen Düften!

Ich hockte mich hin und pinkelte ins Gras. Draußen war das auch viel angenehmer, ganz abgesehen von dem Theater, das die Menschen um ihre Böden und Teppiche machten. Anschließend streifte ich gerne meine Pfoten am Rasen ab, so dass der Geruch von meinem Fußschweiß an den Grashalmen hängen blieb. Und irgendwie war es einfach schöner, das Bein am Gartenzaun zu heben als an der Couch.

Ich fetzte noch ein bisschen durch den Garten und hielt die Nase in den Wind, um alle Gerüche, die er mitbrachte, einzusaugen. Allein im Garten zu sein, war vielleicht nicht so gut wie mit dem Jungen, aber besser als die Garage war es allemal!

Als allerdings die ersten kalten Regentropfen fielen, kam ich ins Grübeln. Die Garage hatte auch ihre Vorzüge. Ich lief zurück zur Hundetür und stupste sie mit der Nase an. Wenn ich allein *heraus*gekommen war, könnte ich vielleicht auch wieder …

Ja! Ich schaffte es auch ganz allein zurück in die Garage! Wieder im Trockenen schüttelte ich mir das Wasser aus dem Fell. Wenn Ethan doch nur hier wäre, um zu sehen, was ich gelernt hatte. Bestimmt würde er mir sagen, was für ein guter Junge ich war. Vielleicht wäre sogar ein Keks für mich dabei rausgesprungen.

Als sich das Wetter beruhigt hatte, probierte ich den Trick mit der Hundetür noch einmal, und tatsächlich stand ich zum zweiten Mal im Garten. Ich buddelte ein Loch, knabberte am Gartenschlauch und bellte Smokey an, der auf einem Fensterbrett saß und so tat, als würde er mich nicht bemerken. Dann kam ein großer gelber Bus vor dem Haus zum Stehen, und Ethan hüpfte mit anderen Kindern aus der Nachbarschaft, darunter auch Chelsea, heraus. Ich sprang hoch, um meine Pfoten auf den Zaun zu legen, und der Junge rannte lachend auf mich zu.

Danach kam die Hundehütte nicht mehr oft zum Einsatz. Nur hin und wieder spielten Ethan und ich noch *Hundehütte*. Meistens dann, wenn er müde und traurig riechend und mit hängenden Schultern aus dem Bus stieg. Dann kroch er in die Hütte und rief mich. Ich quetschte mich zu ihm, was über die Monate immer schwieriger wurde. Immer mehr von meinem Hinterteil musste draußen bleiben. Aber ich tat es, weil der Junge es gern hatte.

Dann legte er den Arm um mich und sprach ganz leise mit mir. »Keiner wollte in der Pause mit mir spielen, Bailey«, flüsterte er. Oder: »Ich kann nicht glauben, dass mir der Lehrer eine Vier gegeben hat. Ich habe so viel für das Projekt gemacht. Das ist nicht gerecht.« Manchmal sagte er auch nur: »Du hast Glück, dass du ein Hund bist, Bailey. Ein Junge zu sein ist hart.«

Die meisten seiner Worte verstand ich nicht, obwohl ich immer, wenn er meinen Namen sagte, mit dem Schwanz wedelte. Aber ich verstand sehr wohl, dass er traurig war, und dass es ihm besser ging, wenn er mit mir in der Hundehütte lag. Also blieb ich ganz still bei ihm, solange er mich brauchte. Das war meine Aufgabe, das begriff ich schließlich, und sie war wichtiger, als dem Jungen nicht von der Seite zu weichen, mit ihm zu spielen, Tricks von ihm zu lernen oder nachts neben ihm zu schlafen. Ich musste Ethan trösten, wann immer es nötig war.

Jedes Mal, wenn Ethan und ich rausgingen, um in der Nachbarschaft zu spielen, kreuzte eine Schar Kinder auf.

Ich lernte die meisten kennen. Da war Billy, der immer nach Erdnussbutter roch, und natürlich Chelsea, die Marshmallow mitbrachte. Hin und wieder tauchte ein neues Kind mit einem neuen Geruch auf, den ich mir einprägte.

Als dann Todd kam, nahm ich an, das wäre toll. Zum einen backte Mom ganz köstliche Kekse, die Ethan der neuen Familie bringen sollte. Ich bekam auch welche, als Belohnung dafür, dass ich ihr in der Küche Gesellschaft leistete. Zum anderen machte es immer Spaß, mit einem neuen Kind zu spielen.

Todd war in Ethans Alter, und sie verbrachten viel Zeit miteinander. Eine kleine Schwester namens Linda hatte Todd auch, aber er ließ sie fast nie mitspielen. Warum, wusste ich nicht. Ich mochte sie sehr gern. Wenn niemand hinsah, steckte sie mir immer süße Leckerbissen zu.

Ein Spiel gefiel Todd besonders. Dafür gingen sie zu einem Bach, der hinter den Häusern verlief. Er brachte immer Streichhölzer mit und verbrannte Sachen – Laub, Äste, Lindas Puppen. Ich hielt Abstand, weil ich es nicht mochte, wie die Streichhölzer rochen, wenn Todd sie anriss. Noch schlimmer war der Geruch von Lindas Plastikpuppen, wenn ihre Haare Feuer fingen und ihre Gesichter schrumpelten.

Ethan wollte die Zündhölzer nicht anfassen, aber er sah zu. Er lachte auch nicht so sehr wie Todd.

Eines Tages verkündete Todd, dass er dieses Mal einen Böller dabei hatte. So etwas wie dieses grell bunte Stöckchen hatte ich noch nie gesehen, und sein Geruch gefiel mir ganz und gar nicht – es roch wie die Streichhölzer, nur noch schlimmer. Der Böller glomm kurz am Boden, dann gab es einen Blitz und einen Knall, so laut, dass ich über den Bach sprang. Sofort rannte ich bellend zurück zu meinem Jungen.

Ethan tätschelte mir den Kopf. »Ist schon gut, Bailey. Ruhig, Kumpel. Das macht nur Krach. Keine Sorge.«

Vorsichtig beschnupperte ich den Boden, wo das Stöckchen gelegen hatte. Ich fand nur noch ein paar Fetzen Papier, etwas Pappe und ein Stück von Lindas Puppen. An all diesen Sachen hing ein verkohlter, rauchiger Duft, den ich nicht mochte. Irgendwie roch es nach Gefahr.

»Komm schon, Ethan. Hol es!«, sagte Todd ungeduldig, während ich schnüffelte.

Ethan zögerte.

Ich hob meine Nase vom Boden.

»*Komm* schon«, drängte Todd, und Ethan ging zum Haus. Natürlich folgte ich ihm.

Ethan lief ins sein Zimmer und nahm etwas von einem hohen Regalbrett. Eine leise Duftwolke erreichte mich.

Es war derselbe Geruch, der immer aufkam, wenn Dad und Ethan nach dem Abendessen gemeinsam am Tisch saßen.

»Nein, nicht die Rakete«, entschied Ethan und legte das Spielzeug wieder zurück. Er schnappte sich ein anderes und rannte nach draußen zu Todd.

»Cooles Flugzeug!«, meinte Todd.

Ich spürte Ethans Aufregung, aber es war eine seltsame Aufregung. Etwas wie Angst schwang darin mit, und ich tänzelte nervös auf und ab und bellte ein wenig, während Ethan und Todd sich über das Spielzeug in Ethans Händen hermachten. Ich roch den stechenden Duft eines brennenden Streichholzes, und dann warf Ethan das Spielzeug in die Luft.

Peng!

Schon wieder dieser Krach! Ich schüttelte den Kopf, meine Ohren schmerzten von der Lautstärke. Beide Jungen standen still und schauten hoch in die Luft, während angekokelte Plastikteilchen in den Bach segelten.

»Cool!«, johlte Todd. Ethan sagte nichts. Die Aufregung und die Angst waren aus ihm gewichen, und es blieb nur etwas Schweres und Trauriges zurück.

»Los, Ethan, hol noch eins!«, rief Todd.

Aber Ethan schüttelte den Kopf.

Todd zündete noch mehr Böller und warf sie in die

Luft. Ich rannte im Kreis, während die Knaller explodierten.

Ethan nahm ein Stück Plastik von einem Felsen am Bach, das etwas kleiner als seine Hand war.

Hinter Ethans Rücken blickte Todd mich grinsend an. Er warf einen Böller in meine Richtung.

Peng! Das Ding explodierte so nah, dass ich die Druckluft auf meinem Fell spürte. Ich jaulte auf und rannte zu Ethan, der das Plastikteil fallen ließ und mich umarmte.

»Los, Bailey«, sagte er. »Gehen wir nach Hause.«

Am nächsten Tag gingen Ethan und ich nach der Schule zu Chelsea. Marshmallow und ich rauften und jagten durch ihren Garten. Ich mochte Marshmallow. Sie war immer zu einem Spiel wie *Stöckchenzerren* oder *Das ist mein Ball* aufgelegt.

Manchmal ging ich sogar alleine los, um Marshmallow zu besuchen. Immer wenn Ethan mit dem gelben Bus wegfuhr und mich im Garten zurückließ, überprüfte ich das Tor. Es hatte keine Klinke wie das Tor zu dem Hof, in dem ich zuerst gelebt hatte, also gab es nichts, in das ich hineinbeißen und an dem ich zerren konnte. Aber manchmal, wenn ich das Tor mit der Pfote oder der Nase fest genug anstupste, schwang es auf. Dann streunte ich durch die Nachbarschaft.

Ich stattete Marshmallow einen Besuch ab und tippte

ihre Nase durch den Maschendrahtzaun, der ihren Garten umgab, mit meiner Nase an. Anschließend markierte ich sorgfältig all ihre Bäume. Danach lief ich immer der Nase nach, bis mir einfiel, dass der Junge vielleicht schon auf mich wartete. Das hieß, es war an der Zeit heimzugehen.

Eines Tages spazierte ich weiter als gewöhnlich, und als ich mich auf den Heimweg machte, wurde es schon dunkel. Langsam machte ich mir Sorgen, dass ich die Zeit verpasst hatte, in der Ethan mit dem Bus ankam. Was sollte er machen, wenn ich nicht da war, um ihn zu begrüßen?

Ich watete durch den Bach, der direkt an Todds Garten vorbeiführte. Todd spielte am schlammigen Ufer, und als er mich entdeckte, rief er mich.

»Hey, Bailey. Komm her, Bailey.« Er streckte mir die Hand entgegen.

Argwöhnisch schaute ich ihn an. Ich traute Todd nicht. Er hatte etwas an sich, was sich jetzt, wo keine Menschen in der Nähe waren, noch stärker bemerkbar machte.

»Komm«, sagte er und schlug die Hand gegen den Oberschenkel. Dann drehte er sich um und lief zum Haus.

Was sollte ich tun? *Komm* war einer der Tricks, die Ethan mir beigebracht hatte. Mir war klar, dass ich der Person, die das Kommando aussprach, folgen musste.

Mit gesenktem Kopf folgte ich Todd ins Haus.

7

Todd führte mich durch die Hintertür in eine Küche. Geräuschlos schloss er die Tür hinter uns. Die Vorhänge waren zugezogen, der Raum war in düsteres, graues Licht getaucht. Es roch abgestanden und kalt. Normalerweise mochte ich den Geruch von Küchen, aber dieser gefiel mir nicht.

Todd flüsterte: »Komm, Bailey!«, und ich folgte ihm durch die Küche in einen Flur. Etwa auf halbem Weg zweigte eine Tür ins Wohnzimmer ab, wo eine Frau auf der Couch hockte und fernschaute. Sie hob nicht einmal den Kopf, als wir vorbeigingen.

Aber jemand anderes bewegte sich. Sobald wir die Tür hinter uns gelassen hatten, drehte Todd sich um. Auch ich hielt inne. Er machte ein finsteres Gesicht, als eine kleine Gestalt aus der Wohnzimmertür trat. Im flackernden grauen Licht des Fernsehers konnte ich nur ihre Umrisse erkennen.

Es war Linda, Todds Schwester. Sie erkannte mich und ihre Augen weiteten sich. Dann kam sie auf uns zu.

»Nein«, zischte Todd sie an.

Das Wort kannte ich sehr gut. Doch die Schärfe in der Stimme des Jungen ließ mich zusammenzucken. Linda steckte einen Finger in den Mund und kaute auf dem Nagel herum, aber sie wich nicht zurück. Die andere Hand streckte sie nach mir aus, und ich leckte sie ab.

Todd trat vor und schubste Linda weg. »Lass mich in Ruhe«, sagte er mit schneidender Stimme.

Dann öffnete er eine Tür, packte mich am Halsband und zog mich hinein. Das hätte er nicht zu tun brauchen. Ich wäre ja mit ihm gegangen, auch wenn ich lieber bei Linda geblieben wäre. Ich wusste, was sich für einen guten Hund gehörte.

Todd warf die Tür hinter uns zu, und ich hörte, wie das Schloss klickte. Ich schnüffelte an Haufen aus muffigen Kleidern und fand unter einem alten T-Shirt einen Teller mit einem halben Stück Toast darauf. Schnell aß ich ihn auf. Wenn ein Teller auf dem Boden lag, war es immer meine Aufgabe, ihn zu putzen.

Dann wandte ich mich wieder Todd zu. Er lief aufgeregt im Zimmer herum, die Hände in den Hosentaschen. »Okay«, sagte er. »Okay, jetzt ... jetzt ...«

Er setzte sich an den Schreibtisch und öffnete eine Schublade. Ich roch Böller darin; der Duft brannte in meiner Nase. Das gefiel mir gar nicht. Ich wich zurück und verkroch mich unter ein Fenster auf der anderen Seite des Zimmers.

»Ich weiß nicht, wo Bailey ist«, murmelte Todd. »Ich habe Bailey nicht gesehen.«

Ich wedelte mit dem Schwanz, als ich meinen Namen hörte, dann seufzte ich und ließ mich auf einen Haufen aus Pullis sinken. Hoffentlich konnte ich bald nach Hause zu Ethan.

Ein leises Klopfen an der Tür ließ Todd aufschrecken, als wäre einer seiner Böller unter ihm in die Luft gegangen. Auch ich sprang auf und stellte mich direkt hinter Todd, als er durch den Türspalt wütend auf Linda einflüsterte.

Ich roch das Mädchen mehr, als dass ich sie im düsteren Flur erkennen konnte. Ihr Kleid musste mal gewaschen werden, und sie hatte salzige Cracker gegessen. Sie wirkte besorgt und ängstlich zugleich. Das bereitete auch mir Magenschmerzen. Ich wich vor Todd zurück und lief unruhig auf und ab. Hinlegen wollte ich mich nicht mehr.

Todd warf die Tür zu und verriegelte sie wieder. Ich spürte, wie die blanke Wut in ihm hochkochte, und das machte mir Angst. Ab und zu wurde auch Ethan wütend, genau wie Mom und Dad. Aber gegen das, was Todd jetzt fühlte, waren sie immer milde gestimmt.

Genau in diesem Moment hörte ich einen langgezogenen Schrei von draußen: »Baileeeey!«

Ethan! Mein Junge rief mich!

Ich rannte zum Fenster, legte beide Pfoten auf den Sims und versuchte hochzuspringen. Aber bevor ich irgendetwas sehen konnte, außer dass es draußen dunkel wurde, stand Todd neben mir. Mit einem Ruck zog er einen dicken, staubigen Vorhang vor die Scheibe.

Ich konnte den Jungen nicht sehen! Enttäuscht bellte ich. Todd schlug mir mit der flachen Hand auf den Rücken. »Nein! Böser Hund! Nicht bellen!«

Ich winselte und schreckte zurück, aufgebracht nicht nur von dem schmerzhaften Schlag, sondern auch von seiner Wut und seinem scharfen Tonfall. War ich ein böser Hund gewesen? Aber ich wollte doch nur zu meinem Jungen! Wenn er rief, musste ich folgen!

»Todd?«, schallte der Ruf einer Frau von irgendwoher aus dem Haus.

Todd funkelte mich böse an. »Du bleibst hier. *Bleib*«, befahl er. Er verließ das Zimmer und schlug die Tür hinter sich zu.

Wieder lief ich verwirrt im Zimmer auf und ab. Ich kannte das Wort *Bleib*. Ich wusste, was es bedeutete. Aber ich mochte es nicht besonders … und der Junge rief mich! Wie sollte ich ihn finden? In diesem Zimmer zu sein war nicht richtig, das wurde mir mehr und mehr bewusst. Aber die Tür war geschlossen, das Fenster war verhängt, und Todd war richtig wütend geworden, als ich gebellt hatte …

Ein Klicken kam von der Tür, und ich wirbelte herum.

Die Tür wurde ein kleines Stück aufgeschoben, und in dem Spalt erkannte ich Lindas Gesicht. Sie streckte einen Arm ins Zimmer. In ihrer Hand lag ein aufgeweichter Kräcker.

»Hier, Bailey«, flüsterte sie. »Guter Junge.«

Ich mochte ihre Stimme und ihre Worte, aber am besten gefiel mir der Kräcker. In drei Schritten war ich an der Tür und schlürfte das Leckerli aus ihrer schwitzigen Hand.

Linda schob die Tür weiter auf und winkte mich hinaus. Ich hüpfte hinter ihr her durch den Flur und in die Küche. Aus dem Wohnzimmer drang Todds Stimme. »Was? Was *willst* du? Auf keinen Fall. Das mache ich nicht.«

Es folgte das Gemurmel der Frau.

»Ist mir egal. Ich habe zu tun«, blaffte Todd.

Linda und ich hatten die Hintertür erreicht. Sie machte sie auf, und kalte Nachtluft strömte herein. Dankbar sog ich den Geruch ein und sprang ins Gras.

Dann blickte ich kurz zurück. Linda stand im Türrahmen und wirkte gleichzeitig erleichtert und tief unglücklich. Einen Augenblick lang wünschte ich mir, ich könnte sie mitnehmen. Offensichtlich war sie nett, und vielleicht würde sie auch ein paar Kräcker mitbringen.

Dann rannte ich in die Nacht hinaus, um meinen Jungen zu finden.

Moms Auto fuhr die Straße entlang, der Junge lehnte aus einem Fenster und rief: »Baileeey!«

Ich lief, so schnell ich konnte, hinter ihnen her.

Die Rücklichter leuchteten auf und einen Moment später stand Ethan auf der Straße und rannte auf mich zu. »Oh, Bailey, wo bist du gewesen?«, fragte er und vergrub das Gesicht in meinem Fell. »Du bist so ein böser Hund!«

Ein böser Hund zu sein, war nichts Gutes, das wusste ich, aber der Junge strahlte so viel Liebe aus. Da drängte sich mir der Gedanke auf, dass es gerade gar nicht schlecht war, ein böser Hund zu sein.

Ich war so froh, wieder zu Hause zu sein, dass ich das Tor ein paar Tage lang nicht mehr überprüfte. Als mich die Abenteuerlust wieder packte und ich mich davonstahl, hielt ich mich von Todds Haus fern. Und immer, wenn ich sah oder roch, dass er am Bach spielte, achtete ich darauf im Schatten zu bleiben oder ich sprang hinter einen Busch, bevor er mich entdeckte.

Jeden Tag lernte ich neue Worte. So war ich nicht nur ein guter Junge oder manchmal ein böser Junge, immer öfter wurde ich auch großer Junge genannt. Das schien meist etwas Gutes zu sein, also wedelte ich mit dem Schwanz, wenn ich es hörte. Ärgerlich war nur, dass es langsam schwierig wurde, es mir auf dem Bett des Jungen bequem zu machen.

Dann gab es da noch das Wort *Schnee*. Als ich dieses Wort zum ersten Mal hörte, glaubte ich, der Junge riefe »Nee!«, was ich nicht verstand. Ich hatte doch gar nichts im Mund! Und ganz sicher hatte ich mein Bein nirgendwo gehoben. Das im Haus zu tun, machte mehr Ärger als Freude.

Aber Ethan zog sich die Jacke an, setzte eine Mütze auf, schlüpfte in die Stiefel und rannte mit mir hinaus. Schnee bedeutete, dass sich die Welt draußen gewandelt hatte, das erkannte ich nun.

Alles war in einen kalten, weißen, pelzigen Mantel gehüllt. Ich blieb an der Hintertür stehen und schaute erstaunt nach draußen. Wo war das Gras hin? Wo war die Terrasse? Vorsichtig streckte ich eine Pfote in den weißen Flaum. Kalt! Aber Ethan rannte darin herum, und ich wollte bei ihm sein. Also nahm ich all meinen Mut zusammen und hüpfte mit allen vier Pfoten in das eisige Zeug.

»Los, Bailey!«, rief Ethan. »Das ist Schnee!«

Nach einer Weile schmerzten meine Pfoten, aber es machte Spaß, in das kalte Pulver zu beißen. Außerdem liebte Ethan den Schnee so sehr, dass ich beschloss, ihn ebenfalls zu lieben. Der Junge zog ein schweres, flaches Ding aus Holz aus der Garage. »Gehen wir Schlitten fahren, Bailey!«, sagte er.

Ich stapfte hinter ihm her und nach ein paar Häuserblocks einen Hügel hinauf. Er stellte das flache Holzding auf den Boden und legte sich bäuchlings obendrauf. »Das ist ein Schlitten, okay? Du schaust zu, Bailey. Das macht Spaß!«

Er stieß sich fest mit den Händen ab und plötzlich schoss er den Hügel hinunter, weg von mir.

Überrascht blickte ich ihm nach. Ich hatte gar nicht gewusst, dass der Junge sich so schnell bewegen konnte! Anstatt steif auf zwei Beinen zu gehen oder zu rennen, raste er jetzt knapp über dem Boden dahin. Ich galoppierte hinter ihm den Hügel hinunter und bellte vor Aufregung und Staunen.

Am Fuß des Hügels angekommen, wurde der Schlitten immer langsamer, und ich holte auf. Ich schätzte die Zeit genau ab, sprang los und landete direkt auf Ethan. Er schrie. Der Schlitten sauste weiter und streifte beinah die anderen Kinder auf ihren Schlitten.

Dann wurde der Boden ganz flach, und der Schlitten kippte um. Ethan und ich kullerten in eine hohe Schneewehe. »Du magst Schlitten fahren!«, keuchte Ethan und lachte unter mir. »Du bist ein Schlittenhund, Bailey!«

Ich bellte, und wir rannten den Hügel wieder hoch, um noch mal hinunterzusausen.

Solange der Schnee lag, gingen wir oft Schlitten fahren. Aber nach einer Weile verschwand er wieder, und ich lernte das Wort *Frühling*, das bedeutete, dass die Sonne wieder länger schien, die Luft wärmer wurde und Mom am Wochenende Löcher im Garten buddelte und Blumen pflanzte. Die Erde roch so wundervoll, feucht und dunkel und voller Leben, dass ich, als alle fort waren, auch buddelte und die Blumen wieder aus den Beeten holte. Hoffentlich wusste Mom meine Hilfe zu schätzen.

An diesem Abend nannten mich wieder alle einen bösen Hund, und ich musste sogar einige Zeit in der Garage verbringen, anstatt unter dem Tisch zu liegen, während Ethan seinen Papierkram erledigte. Das konnte ich überhaupt nicht verstehen. Ich hatte doch dasselbe wie Mom gemacht! Was war daran falsch?

Eines Tages dann waren die Kinder im gelben Schulbus so laut, dass ich sie schon fünf Minuten, bevor der

Bus vor unserem Haus hielt, hörte. Der Junge war überglücklich, als er auf mich zulief, und so aufgeregt, dass ich im Kreis rannte und bellte, so laut ich konnte.

Als Mom heimkam, war auch sie fröhlich, und von da an ging Ethan nicht mehr zur Schule. Morgens konnten wir ruhig im Bett liegen bleiben, anstatt mit Dad zu frühstücken. Normalität war wieder eingekehrt. Gott sei Dank war die Sache mit der Schule ein für alle Mal erledigt.

8

Eines warmen Tages luden Ethan, Mom und Dad das Auto voll mit Koffern und Schachteln und riefen mich dann zu sich. Ich hüpfte zu Ethan auf die Rückbank. Nach einer langen Fahrt kamen wir auf *der Farm* an.

Die Farm brachte neue Tiere, neue Menschen und neue Gerüche mit sich. Kaum war ich mit Ethan aus dem Auto gehüpft, hatte ich jede Menge zu tun.

Zwei ältere Menschen kamen aus einem großen weißen Haus, und es gab viele fröhliche Ausrufe, während ich allen zwischen den Füßen herumwuselte. Ethan nannte die beiden neuen Leute Oma und Opa. Als er sie eine Weile umarmt hatte und sie Sachen wie: »Du bist ja so groß geworden!« und »Das ist also Bailey!« gerufen hatten, rannte er über einen Platz aus festgetretener Erde. »Komm, Bailey!«, rief er mich.

Er hätte gar nicht rufen brauchen, denn ich flitzte ihm schon hinterher.

Er führte mich an einem Lattenzaun vorbei, hinter

dem eine riesige Stute stand und mich anglotzte. Ich kroch unter dem Zaun hindurch, um sie mit einem Bellen zum Spielen aufzufordern, aber sie schnaubte nur durch ihre Nüstern und wandte sich wieder dem Grasen zu. Ihr Pech! Ich krabbelte wieder unter dem Zaun zurück und jagte hinter Ethan her, der fröhlich meinen Namen rief.

Wir rannten bis zu einem Weiher. Das hatte eine Farm wohl als Ersatz für einen Bach. Am Ufer entdeckte ich eine Entenfamilie, aber als ich bellend näherkam, hüpften sie ins Wasser und schwammen davon. Wie unfair! Kaum hörte ich auf zu bellen, kamen sie zurück ans Ufer. Die Mutter führte die Truppe aus einem halben Dutzend flauschiger Federbällchen an. Natürlich musste ich wieder bellen. Und schon waren alle zurück im Wasser. Mit Enten konnte man anscheinend genauso wenig anfangen wie mit Smokey, dem Kater.

»Du verrückter Hund, Bailey!« Ethans Stimme triefte nur so vor Freude. »Komm mit!«

Wir rannten zurück zu dem großen weißen Haus.

Dad reiste nach ein paar Tagen wieder ab, aber Mom blieb den ganzen Sommer mit uns auf der Farm. Ethan schlief im Wintergarten, ich leistete ihm dort Gesellschaft. Niemand hatte auch nur das Geringste dagegen.

Opa saß gerne in einem Sessel und kraulte mir die Ohren. Oma war dauernd in der Küche mit Kochen beschäftigt, mich brauchte sie dort zum Probieren der Speisen. Ich half gerne. Dass sie beide so lieb waren, machte mich vor Freude ganz hibbelig.

Draußen gab es keinen Garten, nur eine große offene Weide mit einem Zaun. Das Pferd, das Flare hieß, blieb den ganzen Tag hinter dem Zaun und fraß Gras. Seltsam war nur, dass ich sie kein einziges Mal kotzen sah. Dafür hinterließ sie überall auf der Weide große, braune Haufen, die zwar gut rochen, aber trocken und fade schmeckten. Ich aß nur ein paar davon.

Manchmal ging Flare in ein großes, heruntergekommenes, altes Gebäude, das *der Stall* genannt wurde. Als ich ihr zum ersten Mal dort hineinfolgte, fand ich heraus, dass es eine Katze auf der Farm gab. So eine Enttäuschung! Immer wenn ich in die Nähe kam, duckte sie sich in die Schatten, sprang aus meiner Reichweite oder rannte weg. Na ja, so gesehen war sie immerhin besser als Smokey.

Hinter dem Stall fing der Wald an, und den zu erkunden, machte Spaß. Auch der Weiher war immer einen Besuch wert, vielleicht mussten die Enten ja wieder angebellt werden. Der Junge mochte den Weiher auch. Er setzte mich in ein altes Ruderboot und fuhr hinaus aufs Wasser. Dann holte er einen Stock mit einer Leine am Ende hervor, befestigte einen Wurm an der Schnur und warf den Wurm über Bord. Manchmal zog er einen kleinen, zappelnden Fisch heraus, den ich anbellen konnte. Dann ließ er ihn wieder frei.

»Der ist zu klein, Bailey«, sagte er dann. »Aber eines Tages fange ich einen großen.«

Eines Nachmittags, wir hatten schon mehrere Wochen auf der Farm verbracht, saß Ethan am Tisch und ein stechender, säuerlicher Geruch wehte durchs Zimmer. Mom lag mit einem Buch auf der Couch, und Oma hatte sich oben hingelegt, was hieß, dass die Küche nicht so gut roch wie üblicherweise. Ich beschloss, den Wald zu erkunden.

Ich war noch gar nicht weit gekommen, da erspähte ich die schwarze Katze aus dem Stall, die behäbig watschelnd vor mir floh. Natürlich nahm ich die Verfolgung auf. Das machte Spaß ... im Stall war mir der weiße Streifen auf ihrem Rücken noch gar nicht aufgefallen. Na ja, jetzt hatte sie auf jeden Fall einen.

Sie rannte auch nicht so schnell weg wie sonst. Als ich näher kam, erkannte ich, dass es gar keine Katze war. Ein ganz neues Tier! Aufgeregt bellte ich und verbeugte mich mit ausgestreckten Vorderbeinen, um es zum Spielen aufzufordern.

Den buschigen Schwanz hocherhoben drehte es sich um und blickte mich ernst an. Ich selbst wedelte wild mit dem Schwanz. Großartig! Auch wenn auf der Farm alles wunderbar war, so fehlte doch ein anderer Hund, mit dem ich raufen und rennen konnte. Manchmal vermisste ich Marshmallow.

Ich machte einen Satz nach vorn, um meinen neuen Spielkameraden mit der Nase anzustupsen.

Ehe ich mich versah, zischte mir eine Wolke aus grauenhaftem Gestank ins Gesicht, verklebte mir Augen und Lippen und biss in meiner Nase. Ich wich zurück. Was war nur passiert? Halbblind und hilflos trat ich den Rückzug an. Ich stolperte über Stöcke und Wurzeln und lief heim.

»Stinktier!«, ließ Opa verlauten, als ich an der Hintertür kratzte, um eingelassen zu werden. »Nein, du kommst nicht ins Haus, Bailey!«

Mom kam und stellte sich neben Opa in die Tür. »Bailey, bist du mit einen Stinktier aneinandergeraten? Pfui, ohne jeden Zweifel!«

War das der Name dieses stinkenden Katzenwesens aus dem Wald? Stinktier? Warum schauten sie mich so an und ließen mich nicht rein? Ich musste mich auf dem Teppich wälzen, um diesen furchtbaren Geruch aus dem Fell zu kriegen.

Aber das klappte nicht. Stattdessen kam der Junge nach draußen und zog die Nase kraus. Er führte mich über den

Hof und spritzte mich mit dem Wasserschlauch ab. Als ich ihm das Gesicht ablecken wollte, schubste er mich weg. »Igitt, Bailey. Stinktier!«, sagte er. Seine Stimme war so streng, dass ich sofort verstand: Das Stinktier war böse.

Er hielt mich am Halsband fest, als Opa mit einem Korb Tomaten aus dem Garten auftauchte. Gemeinsam zerdrückten sie die weichen, warmen Tomaten auf mir und rieben mir den sauer riechenden Saft in mein Fell.

Was stellten sie da mit mir an? Ich schüttelte mich, dass das Wasser, der Saft und das Tomatenmus nur so flogen. »Bailey!«, schrie der Junge, und Opa lachte und stöhnte gleichzeitig. »Jetzt braucht er ein Bad«, meinte der alte Mann.

Ein Bad? Was war das noch gleich? Ich erinnerte mich nicht. War das etwas zu essen? Das wäre immerhin eine Wiedergutmachung für diese alberne Prozedur!

Aber es stellte sich heraus, dass ein Bad *nichts* zu essen war. Mom brachte etwas Seife, die ein bisschen (in meiner Nase nicht besonders stark) nach Rosen duftete. Ethan rieb mir den Schaum ins Fell, bis ich wie eine Mischung aus Mom, einem Blumengarten und einer Tomate roch.

Noch nie in meinem Leben hatte ich mich so geschämt! Und es wurde auch nicht besser.

Selbst als ich trocken war, musste ich im Wintergarten

bleiben. Und als Ethan zum Schlafen zu mir nach draußen kam, schubste er mich aus dem Bett!

»Du stinkst, Bailey«, sagte er.

Ich lag auf dem Boden und gab ein Winseln zum Besten, aber Ethan blieb hart und ließ mich nicht hoch. Also versuchte ich, trotz all dieser seltsamen, verwirrenden Gerüche zu schlafen.

Als endlich der Morgen anbrach, schlang ich mein Frühstück hinunter – Ethan brachte mir den Napf in den Wintergarten – und rannte hinaus.

Im Gras wälzen half, diese furchtbaren Gerüche ein bisschen abzureiben. Und als ich mich am Weiher umsah, hatte ich Glück. Da lag etwas am Ufer – ein toter Fisch! Er war zwar klein, aber der Geruch war gut und stark. Immer wieder wälzte ich mich darin und drehte und wendete meinen Rücken, damit sich der Geruch richtig festsetzte. Das wirkte allerdings nicht so gut wie erhofft. Unter dem köstlichen Duft nach totem Fisch nahm ich noch immer Tomate, Parfüm und den grauenhaften Stinktiergeruch wahr.

Ich musste der Sache auf den Grund gehen, also machte ich mich wieder auf den Weg zum Wald. Natürlich führte mich meine Nase bald zum Stinktier. In der Hoffnung, dahinterzukommen, was da vor sich gegangen war, schnupperte ich an ihm.

Und da passierte genau dasselbe noch einmal! Die Stinktierdame hob ihren Schwanz, und ausgerechnet aus ihrem Hinterteil entwich eine weitere große, stinkende Wolke, und traf mich mitten im Gesicht.

Ich jaulte auf und machte flugs einen Satz rückwärts. Was war da nur los? Kapierte das Fräulein denn nicht, dass ich nur spielen wollte? Und wenn ihr nicht nach Spielen war, warum rannte sie nicht einfach weg, verzog sich auf höheres Gelände oder versteckte sich so wie Smokey oder die Katze vom Stall?

Immer wieder musste ich meinen Kopf schütteln und blinzeln, als ich wieder aus dem Wald stolperte.

»Ach, Bailey!«, stöhnte Ethan, als ich ihm am Zaun begegnete. »Ist das dein Ernst?«

Und ich durfte die ganze Prozedur noch einmal durchmachen – das Wasser aus dem Gartenschlauch, die Tomaten aus dem Garten und Moms furchtbare, künstlich riechende Blumenseife. War das von nun an mein Leben? Jeden Tag? Durfte ich je zurück ins Haus, wo Omas Essen so gut roch? Würde ich je wieder im Bett neben meinem Jungen schlafen?

»Du bist so dumm, Bailey!«, schimpfte der Junge, als er mich abschrubbte.

Dieses Mal schaute Oma zu. »Nenn ihn nicht dumm. Das ist so ein hässliches Wort«, meinte sie. »Und er ist ja

fast noch ein Welpe. Er wusste doch nicht, was er da tut. Nenn ihn … nenn ihn einen Dödel. So hat meine Mutter mich genannt, wenn ich als kleines Mädchen etwas falsch gemacht habe.«

Der Junge blickte mich streng an. »Bailey, du bist ein Dödel. Du bist ein dödeliger, dödeliger Hund.« Und dann lachte er, und Oma lachte, nur ich fühlte mich miserabel. Ich konnte mich kaum zu einem Wedeln durchringen.

Um es diesem Stinktier zu zeigen, würde ich es ignorieren. Das geschah ihm recht, nach allem, was ich seinetwegen durchgemacht hatte.

9

Im Laufe der nächsten Tage verblasste der Geruch in meinem Fell. Und als ich endlich wieder nach mir selbst roch, hörte auch meine Familie auf, sich so seltsam zu benehmen. Ich durfte wieder ins Haus und konnte meine Aufgabe, Speisereste zu verkosten, wieder aufnehmen. Hin und wieder nannte der Junge mich noch Dödel, aber wütend war er dabei nicht.

»Gehen wir angeln, Dödel?«, fragte er, und wir ruderten mit dem Boot auf den See und zogen ein paar Stunden lang kleine Fische aus dem Wasser.

Eines Tages wehte ein kühler Wind, und Wolken bedeckten den Himmel. Ethan schlüpfte in einen Pulli mit einer Kapuze und rief mich zum Weiher. Wir angelten schon eine Weile, und langsam machte ich mir Gedanken, wann wir wohl zum Abendessen ins Haus gehen würden, da setzte sich Ethan plötzlich kerzengerade auf. »Ich hab einen großen, Bailey! Einen großen!«

Ich sprang bellend auf. Wenn Ethan sich aufregte, dann tat ich es erst recht!

Ethan kämpfte über eine Minute lang mit seiner Angelrute, er lachte und grinste, und dann sah ich es. Ein Fisch, so groß wie eine Katze, erschien direkt neben uns an der Wasseroberfläche! Ethan und ich lehnten uns gespannt vor, um einen Blick zu erhaschen. Das Boot taumelte unter uns, und mit einem überraschten Schrei fiel der Junge über Bord.

Das Boot schaukelte zurück, als Ethan fiel, und ich purzelte zu Boden. Ich sprang auf und spähte über den Rand in das dunkelgrüne Wasser. Dort sah ich die dunkle Gestalt des Jungen sinken und aus meinem Sichtfeld verschwinden. Luftblasen stiegen zur Oberfläche und trugen seinen Geruch zu mir, aber er kam nicht hoch.

Mein Junge war in Gefahr!

Ich zögerte nicht. Direkt hinter ihm tauchte ich ins Wasser, mit offenen Augen kämpfte ich mich durch das Nass und folgte der Spur aus Luftblasen hinunter in die kalte Dunkelheit.

Viel erkennen konnte ich nicht. Das Wasser floss mir in die Nase, durchweichte mein Fell und drückte mir die Ohren flach an den Kopf. Der Junge musste irgendwo unter mir sein. Ich strampelte, so fest ich konnte, die Vorderpfoten gestreckt, die Hinterpfoten paddelnd.

Endlich erspähte ich ihn – ein verschwommenes Bild in den trüben Schatten. Mit offenem Maul stürzte ich mich auf ihn und packte die Kapuze seines Pullis. Dann zerrte ich ihn mit mir hinauf zur sonnigen Oberfläche des Weihers.

Wir durchbrachen den Wasserspiegel.

»Bailey«, rief der Junge lachend. »Du willst mich wohl retten, Kumpel?« Er reckte die Hand aus dem Wasser und hakte sich mit dem Arm am Boot ein.

Hektisch versuchte ich, über seinen Körper ins Boot zu klettern, damit ich ihn hinter mir hochziehen und in Sicherheit bringen konnte.

Er lachte noch immer. »Bailey, nein, du dödeliger Hund! Hör auf!« Er schubste mich weg, und ich paddelte in einem engen Kreis um ihn herum. Weit entfernen durfte ich mich nicht, das war klar. »Ich muss die Angelrute suchen, Bailey. Ich hab die Angel losgelassen. Mir geht's gut! Geh nur! Alles gut!« Der Junge machte eine Handbewegung Richtung Ufer, als würde er einen Ball dorthin werfen. Anscheinend sollte ich den Weiher verlassen. Ob das eine gute Idee war, wusste ich nicht. Was, wenn er wieder unterging?

Aber im Augenblick redete und lachte er, also ging es ihm gut. Und immer wieder winkte er mich zum Ufer. Schließlich schwamm ich und zog mich an einer kleinen Sandbank neben dem Bootssteg an Land, wo ich endlich all das schwere Wasser aus dem Fell schütteln konnte.

»Guter Junge, Bailey!«, rief Ethan.

Ich drehte mich um und sah, wie seine Füße in die Luft schossen und einen Augenblick später war er im Wasser verschwunden. Mit einem Wimmern warf ich mich zurück in den Weiher und schwamm, so schnell ich konnte. Ich paddelte so fest, dass es meine Schultern komplett aus dem Wasser hob. Ich musste Ethan erwischen!

Als ich bei der Spur aus Luftblasen ankam, folgte ich dem Geruch. Ohne den Schwung vom Sprung aus dem Boot fiel mir das Untertauchen schwerer, und ich brauchte länger, um den Jungen zu erreichen. Als ich zum Grund des Teichs paddelte, erspähte ich den Jungen, wie er nach oben schwamm. Ich änderte die Richtung. Unsere Köpfe durchbrachen gleichzeitig die Wasseroberfläche.

»Bailey!«, rief Ethan vergnügt. Er warf die Angelrute ins Boot. »Du bist so ein feiner Kerl, Bailey!«

Ich schwamm neben ihm her, bis er mit dem Boot das sandige Ufer erreichte. Es ging ihm gut! Das Wasser hatte mir meinen Jungen nicht weggenommen! Ich war so erleichtert, dass ich um Ethan herumtänzelte und ihm das Gesicht ableckte, als er sich bückte, um das Boot aus dem Wasser zu ziehen.

»Du hast echt versucht, mich zu retten, Kumpel!« Ich folgte ihm auf den Sandboden und schüttelte mich noch einmal. Schwer atmend setzte ich mich hin. Ethan ließ das Boot am Ufer stehen, hockte sich neben mich und streichelte mein Gesicht. Das fühlte sich so wärmend an wie die Sonne.

Am nächsten Tag begleitete Opa uns zum Bootssteg. Ich rannte voraus, um der Entenfamilie Bescheid zu sagen. Der Junge trug wieder einen Pulli mit Kapuze, diesmal einen hellgrauen. Er und Opa blieben am Ende des Bootsstegs stehen, und ich setzte mich neben die beiden. Zu dritt starrten wir ins grüne Wasser.

»Du schaust zu. Er taucht, versprochen«, sagte der Junge.

»Das glaube ich erst, wenn ich es sehe«, antwortete Opa.

Der alte Mann hielt mich am Halsband fest. »Los!«, rief er Ethan zu.

Der Junge nahm Anlauf, und ich spannte die Muskeln an, um ihm zu folgen. Opa ließ mich los. Ethan flog über das Ende des Stegs und landete mit einem gewaltigen Platsch im Wasser. Ich bremste ab und bellte Opa an.

»Los, hol ihn, Bailey!«, sagte Opa.

Ich blickte hinab ins schäumende Wasser, in dem Ethan verschwunden war. Dann schaute ich wieder Opa an. Sicher, er war alt und bewegte sich nur langsam, aber wollte er wirklich nichts unternehmen? Der Junge brauchte Hilfe! Schon wieder! Warum stand Opa nur so rum?

Ich bellte noch einmal.

»Mach schon!«, drängte mich Opa.

Musste ich in dieser Familie denn alles selber machen? Mit einem letzten Bellen sprang ich vom Steg und schwamm hinab zum Grund, wo ich Ethans hellen Pulli erkannte. Ich packte ihn am Kragen und paddelte auf die Luft zu.

»Siehst du! Er hat mich gerettet!«, rief der Junge, als wir auftauchten.

»Guter Junge, Bailey!«, sagten Opa und Ethan gleichzeitig.

Das Lob freute mich so sehr, und die Erleichterung darüber, dass es Ethan gutging, war so groß, dass ich abzischte, um die Enten zu jagen. Sie glaubten, im Wasser wären sie in Sicherheit. Denen würde ich es zeigen! Ich kam so nah an sie heran, dass ich ihnen fast in die Schwanzfedern beißen konnte. Sie flatterten mit den Flügeln und quakten, was wohl hieß, dass ich gewonnen hatte.

Wir verbrachten den Nachmittag damit, *Rette mich* zu spielen. Nach und nach schwand meine Sorge, weil Ethan immer wieder auftauchte. Trotzdem, er war jedes Mal so froh, wenn ich ihn an die Wasseroberfläche beförderte, dass ich es wieder und wieder machte.

Ich konnte mir keinen Grund vorstellen, warum wir die Farm je wieder verlassen sollten, aber als ein paar

Tage später Dad eintraf und Mom von einem Zimmer ins andere eilte, Schubladen aufzog und Sachen herausholte, hatte ich das Gefühl, dass wir schon wieder umzogen.

Ich blieb dicht an Ethan dran, nur für den Fall, dass er auf die Idee kam, mich zurückzulassen. Er lachte mich aus und rief schließlich: »Auto fahren!«

Ich raste nach draußen, sprang auf die Rückbank und streckte den Kopf aus dem Fenster. Flare, das Pferd, glotzte über den Zaun. Wahrscheinlich war sie neidisch, weil ich ins Auto passte und sie nicht. Oma und Opa umarmten Ethan und mich, bevor wir abfuhren.

Das Auto brachte uns zurück zu unserem ersten Haus. Ich vermisste die Farm, aber die vertrauten Gerüche zu atmen und die Kinder und Hunde aus der Nachbarschaft wiederzusehen tat gut. Wir spielten, und ich holte Bällchen und balgte mit Marshmallow. Es war toll.

Der nächste Tag verlief weniger toll.

Alle standen früh auf, und ich wurde in die Garage gebracht. Mal wieder! Ich hatte geglaubt, meine Familie hätte ihre Lektion gelernt. Und jetzt fing alles von vorne an!

Ich rannte durch die Hundeklappe in den Garten, um zu sehen, ob sie wirklich gingen. Tatsächlich! Ethan stieg in den großen gelben Bus, und Mom fuhr mit dem Auto davon.

Das war ja unmöglich.

Ich bellte ein bisschen, und Marshmallow antwortete vom anderen Ende der Straße, aber das half auch nichts. Weil mir nichts Besseres einfiel, ging ich wieder hinein und schnüffelte an der Hundehütte. *Da drinnen* würde ich nicht den Tag verbringen.

Da entdeckte ich Smokeys Füße im Spalt unter der Tür zum Haus. Ich steckte die Nase in die Ritze, sog seinen Duft ein und seufzte frustriert. Er roch überhaupt nicht so, als hätte er Mitleid mit mir.

Ich war jetzt ein großer Hund, größer als damals, als sie mich zuletzt in die Garage gesperrt hatten. Die Türklinke war nicht mehr so hoch über meinem Kopf wie früher. Während ich sie so anschaute, erinnerte ich mich daran, wie ich aus dem Hof entkommen war, in dem ich mit meiner Mutter gelebt hatte. Ich legte die Vorderpfoten an die Tür, nahm die Klinke ins Maul und drückte sie nach unten.

Nichts passierte.

Trotzdem gab ich nicht auf. Die Türklinke in meinem Mund war rutschig und das Metall schmeckte bitter, aber ich zog und drückte, kämpfte mit ihr und plötzlich hörte ich ein Klicken.

Die Tür sprang auf!

10

Smokey hatte auf der anderen Seite der Tür gesessen und vermutlich über meinen Kampf mit der Klinke gelacht. Aber als die Tür aufschwang, lachte er nicht mehr! Seine Pupillen wurden groß, er drehte sich um und floh. Natürlich nahm ich die Verfolgung auf, schlitterte um eine Ecke und bellte, als er auf die Anrichte hüpfte.

Im Haus war es viel besser als in der Garage. Es war wärmer, roch angenehmer, und was am tollsten war, auf der Anrichte lag eine große, flache Schachtel. Gestern Abend war eine Pizza darin geliefert worden, und Ethan hatte mir von seiner Rinde abgegeben. Köstlich! Ich sprang hoch, stupste die Schachtel mit meinen Vorderpfoten an, und spielend leicht fiel sie zu Boden.

Ich fraß sie. Nun ja, was zu hart zum Kauen war, zerfetzte ich nur. Smokey beobachtete mich mit angeekeltem Gesichtsausdruck, aber der war nur neidisch. Dann machte ich mich über das Katzenfutter in seinem Napf her und schleckte ihn so sauber, als würde ich mit Ethan *Tellerputzen* spielen.

Normalerweise durfte ich nicht auf die Couch, aber vermutlich galten die üblichen Regeln nicht, wenn ich allein im Haus war. Also hopste ich hoch und kuschelte mich für ein Nickerchen auf die sonnenbeschienenen Polster, die nach Ethan, Mom und Dad dufteten. Leider hing auch Smokeys Mief darin; dagegen konnte ich allerdings nichts ausrichten.

Einige Zeit später fiel mir auf, dass die Sonne gewandert war. Wie ärgerlich! Ich streckte mich aus und kroch zurück in die Sonne.

Da hörte ich ein leises Knarren. Dieses Geräusch kannte ich gut. Ein Küchenschrank wurde geöffnet.

Ich sprang vom Sofa, schüttelte mich und eilte in die Küche, um zu sehen, was da los war. Smokey saß wieder auf der Anrichte. Eine Pfote hatte er vorsichtig in die Luft gereckt und damit eine Schranktür geöffnet. Wie schaffte er das bloß?

Dann tat er etwas noch Interessanteres. Er hüpfte direkt in den Küchenschrank *hinein*! Zum ersten Mal kam mir der Gedanke, dass es auch etwas für sich hatte, so klein wie eine Katze zu sein.

Smokey wandte sich im Schrank um und sah zu mir hinunter, als würde er überlegen. Ich knabberte kurz an meinem Schwanz, dann blickte ich wieder zu ihm hoch.

Smokey hatte eine Plastiktüte mit der Pfote angestupst.

Jetzt schubste er sie erneut und dann noch einmal. Beim dritten Stoß kippte sie um, schwankte einen Moment an der Kante und fiel. Die Tüte prallte von der Anrichte ab und purzelte zu Boden.

Mit einem Satz war ich da und biss hinein. Das Plastik riss auf und tolle, köstliche, salzige, knusprige Dinger kullerten über den Küchenboden. Eifrig putzte ich alles wieder sauber. Smokey sah mir zu und warf noch eine Tüte um. Ich riss sie auf. Sie war voll mit süßen, teigigen Brötchen.

An Ort und Stelle beschloss ich, dass ich Smokey Unrecht getan hatte. Fast hatte ich ein schlechtes Gewissen, weil ich eben sein Frühstück gefressen hatte. Sicher, er war selbst schuld, wenn er es einfach im Napf stehen ließ, aber trotzdem ... Hätte ich gewusst, dass er eigentlich so ein netter Kerl war, dann hätte ich sein Futter in Ruhe gelassen.

Zumindest hätte ich es versucht.

Ich schnüffelte an den niedrigeren Schränken herum, aber auf kriegte ich sie nicht. Wie stellte Smokey das an? Ich schaffte es aber, meine Vorderpfoten auf die Anrichte zu legen und einen Laib Brot, ebenfalls in einer Plastiktüte, auf den Boden zu befördern. Ich fraß das Brot und ließ die Tüte liegen.

Der Mülleimer hatte keinen Deckel, also konnte ich

mich problemlos darüber hermachen. Ein paar Sachen darin entsprachen aber nicht meinem Geschmack. Da waren ein paar bittere, schwarze Körner, die meinen Mund ganz pelzig machten, als ich daran leckte. Dann gab es da noch Eierschalen und noch mehr Plastikteile. Damit verschwendete ich nicht meine Zeit. Aber ich fand auch vieles, was mir gefiel – Pizzarand, übrig gebliebenes Rührei, der Fettstreifen vom Speck. Anschließend kaute ich ein bisschen auf dem Plastik herum, einfach so.

Später wartete ich draußen auf den Bus. Chelsea und Todd stiegen aus, aber keine Spur von Ethan. Das hieß, er würde später mit Mom kommen. Also lief ich zurück ins Haus, trabte die Treppe hoch und zog ein paar Schuhe aus Moms Wandschrank. Aber ich kaute nur ein wenig auf ihnen herum. Von den ganzen Snacks war ich einfach zu satt und schläfrig.

Die Schuhe trug ich hinunter ins Wohnzimmer, nur für den Fall, dass ich später noch Appetit darauf bekäme. Dort stand ich dann eine Weile und konnte mich nicht entscheiden, wo ich schlafen wollte: Auf der Couch (aber die Sonne schien nicht mehr darauf) oder auf dem sonnigen Teppich (der war aber nicht so weich wie das Sofa). Mit einem Seufzen wählte ich den Teppich und legte mich zögerlich ab. Ob das die richtige Entscheidung war, wusste ich nicht so recht.

Als Moms Autotür zufiel, wachte ich augenblicklich auf. Ich rannte durchs Haus in die Garage und durch die Hundetür hinaus in den Garten, damit niemand von meinem tollen Tag im Haus erfuhr. Ethan lief direkt in den Garten und spielte mit mir. Mom ging mit klappernden Absätzen durch die Vordertür.

»Ich hab dich vermisst, Bailey! Hattest du Spaß heute?«, fragte der Junge und kratzte mich unterm Kinn.

»Ethan! Komm und schau, was Bailey angestellt hat!«

Als mein Name so streng ausgesprochen wurde, ließ ich die Ohren hängen.

Ethan und ich liefen ins Haus, und während ich auf Mom zuging, wedelte ich so fest ich nur konnte mit dem Schwanz, damit sie wieder fröhlich wurde. Sie hielt etwas in der Hand – eine der zerfetzten Plastiktüten, die auf dem Küchenboden liegen geblieben war.

»Die Garagentür ist offen. Sieh dir das nur an!«, sagte Mom. »Die Zimtschnecken, die Kartoffelchips, ein Leib Brot, der ganze Abfall … Bailey, du bist ein böser, böser Hund.«

Ich ließ den Kopf hängen. Bestimmt hatte ich nichts Falsches getan, aber Mom war sauer auf mich, das erkannte ich sofort. Ethan genauso, besonders als Mom ihm befahl, den ganzen Plastikmüll vom Boden aufzuheben.

»Wie um alles in der Welt ist er nur auf die Anrichte gekommen? Er muss hochgesprungen sein«, sagte Mom.

»Du bist ein böser Hund, ein böser, böser Hund, Bailey«, wiederholte Ethan.

Smokey schlenderte in die Küche und blinzelte mit seinen großen, dunklen Augen, bevor er mühelos auf die Anrichte hüpfte. Und niemand schimpfte mit ihm! Mom stellte ihm sogar eine frische Schale Katzenfutter hin. Dann schob sie einen Wischer auf dem Boden herum, und Ethan trug den Müll hinaus in die Garage.

»Bailey, das war böse«, flüsterte mir der Junge noch einmal zu. Warum waren die beiden immer noch so wütend? Ich schaute hoch zu Smokey, der oben auf der Anrichte, wo ich ihn nicht erreichen konnte, genüsslich sein Abendessen verschlang. Er war eine böse, böse Katze, aber das merkte anscheinend keiner.

»Bailey!«, kreischte Mom aus dem Wohnzimmer.

Wahrscheinlich hatte sie ihre Schuhe gefunden.

Nach diesem Tag versuchte ich immer, wenn ich in die Garage gesperrt wurde, die Klinke zu drücken. Aber die Tür sprang kein zweites Mal auf. Ich verbrachte die Tage im Garten und wartete auf meinen Jungen. Die Abende und die Tage, an denen er keinen Unterricht hatte, blieben wir zusammen.

Oft trafen wir uns auch mit den Nachbarskindern. Aber mir fiel auf, dass niemand von ihnen an Todds Haustür klopfte. Manchmal lief er die Straße runter, aber keines der Kinder rief ihm etwas zu. Meistens hielt er sich auch von der Kinderschar fern. Er verkroch sich im Haus oder ging allein in den Wald oder an den Bach.

Wenn er sich doch zu den anderen Kindern gesellte, passierte immer etwas Seltsames. Die Kinder wurden stiller und gleichzeitig aufgeregter. Ihre Nervosität sprang auch auf mich über. Marshmallow ging es genauso. Wenn Todd in der Nähe war, wich sie Chelsea nicht von der Seite.

Ethan ging Todd nicht mehr besuchen, aber hin und wieder kam Todd zu uns, meistens wenn Ethan und ich im Garten waren. Eines Tages rannte er ans Tor und rief Ethan. »Komm raus! Ich hab da was«, sagte er.

Ethan ging auf die Straße hinaus, und ich folgte ihm. Todd hatte eine Tasche dabei und ließ Ethan einen Blick hineinwerfen. »Eier? Was soll denn an einem Karton Eier so toll sein?«, wollte Ethan wissen.

Todd grinste und zeigte mit einem Nicken auf die andere Straßenseite, wo eine Gruppe kleiner Mädchen mit Kreide ein Spielfeld auf den Bürgersteig gemalt hatte. Darauf hüpften sie jetzt um die Wette.

»Denen verderben wir den Spaß«, meinte Todd breit lächelnd.

Ethan schaute zu den Mädchen und wieder zurück zu Todd. »Was? Du meinst, wir sollen … die Eier werfen?«

»Ja! Klar!« Todds Grinsen wurde noch breiter, und ich bemerkte, dass sein Herz schneller pochte.

»Das ist …«, Ethan zögerte. »Auf keinen Fall, Todd. Meine Güte, Linda ist da drüben!«

Lindas dunkles Rattenschwänzchen flog beim Springen durch die Luft. Sie wirkte viel glücklicher als zuletzt in ihrem Haus.

»Na und?« Todds Lächeln schwand. Ein spöttischer Gesichtsausdruck nahm seinen Platz ein. »Sie ist eine kleine Heulsuse. Bist du auch ein Mädchen? Ist doch kein großes Ding!«

Ethan schüttelte den Kopf. »Ich will einfach nicht. *Du* machst doch ein großes Ding daraus.«

Die Wut, die plötzlich von Todd Besitz ergriff, gefiel mir gar nicht. Sie war wie der Dampf, der einem heißen Topf entwich, wenn Mom den Deckel anhob. Er zog den Eierkarton aus der Tasche und trat ein paar Schritte zurück. Plötzlich warf er den Karton mit Wucht auf Ethans Füße.

Ethan und ich sprangen zurück, aber sofort hüpfte ich wieder vor. Fette, gelbe Dotter und glibberiges Eiweiß trieften aus dem Karton auf den Gehweg. Das war eindeutig ein Job für mich. Ich machte mich an die Arbeit.

»Heulsuse«, hörte ich Todd noch murmeln, aber ich war zu beschäftigt, um ihm hinterherzuschauen, als er ging.

Ethan streichelte mir eine Weile den Kopf, dann ging er in den Garten. Mit dem Schlauch in der Hand kam er zurück und spülte die Eierschalen vom Gehsteig in den Rinnstein. Dann hob er die Überreste des Kartons auf und schmiss sie in den Müll.

Danach kam Todd nie mehr zu uns.

Zumindest nicht tagsüber. Nur einmal, als der Schnee und die Kälte wiedergekommen waren, und ich vor dem Schlafengehen im Garten ein geeignetes Plätzchen für mein Geschäft suchte, roch ich Todd auf der anderen Seite des Zauns. Der Geruch war stark. Er stand da schon eine Weile. Ich ließ ein warnendes Bellen hören und stellte zufrieden fest, dass er sich umdrehte und wegrannte.

11

Geduldig wartete ich darauf, dass die Schule aus und vorbei war. Und endlich war es so weit – der Schnee schmolz, die Temperaturen stiegen, und eines Tages sprang Ethan besonders aufgeregt aus dem Bus. Ein paar Tage später waren wir unterwegs zur Farm.

Kaum hielt das Auto an, hüpfte ich hinaus auf den Hof und markierte mein Revier, nur für den Fall, dass während meiner Abwesenheit ein anderer Hund auf dumme Gedanken gekommen war. Ich begrüßte Flare und bellte die schwarze Katze im Stall und die Enten am Weiher an. Die hatten sich einen neuen Satz Küken zugelegt, auch wenn ich mir nicht vorstellen konnte, warum. Dann raste ich in den Wald, fand die Spur des Stinktiers und raste wieder zurück. Falls es spielen wollte, wusste es, wo es mich fand.

Ich liebte die Farm und die Freude, die Ethan immer ausstrahlte, wenn wir hier waren. In diesem zweiten Sommer gab es einen besonderen Abend, an dem Ethan noch glücklicher, noch aufgeregter und nervöser war als sonst. Zur Bettgehzeit gingen wir nicht wie üblich zum Schlafen in den Wintergarten. Auch Mom, Oma und Opa gingen nicht ins Bett. Stattdessen versammelten sich alle im Wohnzimmer. Ich blieb in der Nähe. Vielleicht brauchten sie meine Hilfe?

Alle starrten in den Fernseher, aber ich konnte nichts Interessantes in den kleinen, flimmernden Bildern erkennen. Ethans Aufregung stieg und stieg. Mom, Oma und Opa waren auch nervös und etwas ängstlich. Bald würde ich wohl bellen müssen, nur um ihren Gefühlen Ausdruck zu verleihen.

Dann plötzlich schrien und jubelten alle vier, und als ich zu bellen anfing, schimpfte mich niemand, obwohl ich das im Haus eigentlich nicht durfte. Ethan nahm mich mit hinaus in den Hof, und wir setzten uns hin und blickten hinauf zum Mond.

»Genau jetzt ist da oben ein Mann, Bailey«, erklärte Ethan mir. »Siehst du den Mond? Eines Tages fliege ich auch da hoch.«

Er war so glücklich, dass ich loslief und ein Stöckchen brachte, das er für mich werfen konnte. Er lachte.

»Keine Angst, Bailey. Ich nehme dich schon mit, wenn es so weit ist.«

Die meiste Zeit unternahmen wir auf der Farm dieselben Sachen wie letztes Jahr – wir angelten im Weiher

oder spielten *Rette mich*, wir streiften durch die Wälder, und ich übernahm wieder das Probieren in der Küche. Manchmal fuhr Opa in die Stadt und fragte Ethan, ob er mitwollte. Der Junge sagte dann ja, und ich hüpfte neben ihn ins Auto.

Opa mochte einen Ort, wo er auf einem Stuhl saß und ein Mann an seinen Haaren herumspielte. Ethan langweilte sich dort bald, weil es nicht genügend andere Jungen oder Hunde gab. Schließlich bummelten wir durch die Straßen, schauten Fenster an und hofften darauf, ein paar Freunde für mich zu finden, die ich anschnuppern konnte.

Um andere Hunde zu treffen, ging man am besten in den Park. Das war ein weiträumiges Gelände mit Wiesen und einem Teich, aber *Rette mich* spielten wir hier nie. Eines Tages bemerkten wir einen älteren Jungen mit seinem Hund. Es war eine kleine, schwarze, voll konzentrierte Hündin. Als ich zu ihr trabte und sie anschnüffelte, würdigte sie mich keines Blickes. Sie ließ die flache Plastikscheibe, die ihr Junge in Händen hielt, nicht aus den Augen.

Dann warf der Junge die Scheibe.

Die Hündin jagte hinterher, hob ab und fing das Spielzeug, noch bevor es den Boden berührte. Beeindruckend. Wenn man so etwas mag.

»Was denkst du, Bailey? Willst du das auch machen, Kumpel?«, fragte Ethan mit leuchtenden Augen.

Ich suchte mir ein Stöckchen zum Zerbeißen. Das schmeckte ohnehin viel besser als dieses Plastikding je schmecken würde. Als wir nach Hause kamen, lief Ethan sofort in sein Zimmer und machte sich daran, etwas zu basteln, das er *den Flip* nannte.

»Das ist eine Mischung aus Bumerang, Frisbee und Baseball«, erklärte er Opa, als es fertig war. »Es wird doppelt so weit fliegen, weil der Ball ihm Gewicht gibt, siehst du?«

Ich schnüffelte an dem Ding in seiner Hand, das ein einwandfreier Football gewesen war, bevor Ethan ihn aufgeschnitten und dann Oma gebeten hatte, ihn neu zusammenzunähen. »Komm mit, Bailey!«, rief Ethan, als er nach draußen rannte. Opa und ich folgten ihm.

»Wie viel Geld kann man mit so einer Erfindung wohl verdienen?«, fragte Ethan eifrig.

»Schauen wir erst einmal, wie er fliegt«, meinte Opa.

»Okay, Bailey, bist du bereit? Bereit?«

Gleich würde etwas passieren. Ich stellte mich in Position und spitzte die Ohren, damit mir kein Laut entging. Mein Schwanz wedelte gleichmäßig. Ethan reckte den Arm nach hinten und schleuderte den Flip in die Luft, wo er torkelte und wie ein Stein vom Himmel fiel.

Ich trabte hin, um daran zu schnuppern.

»Bring den Flip, Bailey«, rief Ethan.

Zögerlich hob ich das Ding auf. Ich dachte an die kleine, schwarze Hündin, die im Park mit der Plastikscheibe gespielt hatte, und wurde ein bisschen neidisch. Die Scheibe hatte in der Luft gezischt, und die Hündin war hinterhergerast, um sie einzuholen. Dieses Ding – na ja, es zischte nicht.

Ich trug es zurück zum Jungen und spuckte es aus.

»Die Aerodynamik fehlt«, sagte Opa. »Zu viel Luftwiderstand. Es müsste richtig durch die Luft schneiden.«

»Ich muss nur richtig werfen«, widersprach der Junge.

Opa ging zurück ins Haus, aber der Junge blieb und warf wieder den Flip. Und wieder. Und wieder.

Ethans Missmut wuchs von Mal zu Mal, also ließ ich den Flip nach dem zehnten Wurf liegen und brachte stattdessen ein Stöckchen. Bestimmt machte das Werfen damit mehr Spaß, und auch das Holen war mit Sicherheit besser.

»Nein, Bailey«, sagte er traurig. »Den Flip. Hol den Flip!«

Ich bellte und wedelte mit dem Schwanz, um ihm zu zeigen, wie toll das Stöckchen war, wenn er der Sache nur eine Chance gab.

»Bailey! Der Flip!«

Plötzlich sagte jemand: »Hi.« Ethans Kopf fuhr herum. Da stand ein Mädchen, schätzungsweise in Ethans Alter, neben ihrem Fahrrad. Schwanzwedelnd lief ich zu ihr, und sie tätschelte mir den Kopf.

In einer Hand hielt sie einen Korb aus dem es verführerisch duftete. Es roch süß, dunkel und schwer. Ich kannte diesen Geruch; er hieß Schokolade. Aber noch nie hatte mir jemand erlaubt, welche zu essen. Ich setzte mich hin und versuchte, so nett wie nur möglich auszusehen, damit sie mir den Korb aushändigte.

»Wie heißt du denn, Süße?«, fragte sie mich.

»Er ist ein Junge«, sagte Ethan. »Er heißt Bailey.«

Als er meinen Namen sagte, schaute ich rüber zum Jungen. Irgendetwas stimmte nicht mit ihm. Es war fast, als hätte er Angst, aber nicht ganz. Aber er hatte einen Schritt zurück gemacht, als er das Mädchen gesehen hatte. Ich schaute wieder zu dem Mädchen. Ich mochte sie und ihren Schokoladenduft. Ich wedelte mit dem Schwanz.

»Ich wohne die Straße runter. Meine Mom hat ein paar Brownies für euch gebacken. Ähm«, sagte sie und deutete mit der freien Hand auf den Korb.

»Ach so«, sagte der Junge.

Ich ließ den Korb nicht aus den Augen.

»Also, ja …«, sagte das Mädchen.

»Ich hole meine Oma«, antwortete der Junge. Er

drehte sich um und ging ins Haus, aber ich blieb lieber bei dem Korb. Und dem Mädchen natürlich.

»Hi, Bailey, bist du ein feiner Hund? Ja, du bist ein feiner Hund«, stellte das Mädchen fest.

Fein, aber nicht fein genug, um etwas Schokolade zu bekommen. Ich stupste den Korb sogar mit der Nase an, damit sie auf die richtige Spur kam. Sie lachte nur und schüttelte den Kopf. Ihre Haare waren hell und gerade so lang, das sie bei der Kopfbewegung hin und her wehten. Auch an ihr nahm ich einen Hauch von Angst wahr. Aber wovor? Sorgen machen konnte man sich höchstens über mich armen, halb verhungerten Hund, der ganz dringend ein Leckerli brauchte.

»Hannah!«, sagte Oma, als sie aus dem Haus kam. »Wie schön, dich zu sehen.«

»Hallo, Mrs Morgan.«

»Komm rein, komm rein. Was hast du denn da?«

»Meine Mom hat ein paar Brownies gebacken.«

Ich folgte Hannah ins Haus.

»Na, ist das nicht toll«, redete Oma weiter. »Ethan, du erinnerst dich vielleicht nicht, aber als ihr noch Babys wart, hast du immer mit Hannah gespielt. Sie ist nur gut ein Jahr jünger als du.«

»Weiß ich nicht mehr«, erwiderte Ethan und trat gegen den Teppich.

Immer noch benahm er sich seltsam. In Schwierigkeiten schien er aber nicht zu stecken, also widmete ich mich wieder der Aufgabe, Hannahs Korb zu bewachen. Oma stellte die Brownies auf den Tisch, wo Opa saß und ein Buch las. Über seine Brillengläser hinweg schaute Opa den Korb an und griff hinein.

»Verdirb dir vor dem Essen nicht den Appetit«, zischte Oma ihn an. Er zog die Hand zurück. Mitfühlend sah ich ihn an, und er erwiderte den Blick. Nie durften wir Spaß haben.

In den nächsten Minuten übernahm Oma das Sprechen, Ethan stand nur da und vergrub die Hände in den Taschen, Hannah saß auf der Couch und schaute nicht zu ihm rüber. Keiner aß von den Brownies. Schließlich fragte Ethan Hannah, ob sie den Flip sehen wollte.

Als er dieses schreckliche Wort in den Mund nahm, fuhr ich herum, um ihn mit einem missbilligenden Blick zu strafen. Ich hatte gedacht, das wäre erledigt. Hatten wir dieses furchtbare Ding nicht schon oft genug durch die Gegend geworfen?

Zu dritt gingen wir in den Hof. Ethan zeigte Hannah den Flip, aber als er ihn warf, stürzte er immer noch ab wie ein toter Vogel.

»Ich muss das Design noch ein bisschen verändern«, sagte Ethan. Ich ging zum Flip, hob ihn aber nicht auf.

Hoffentlich würde Ethan diese Peinlichkeit ein für alle Mal beenden.

Hannah blieb noch eine Weile. Sie ging zum Weiher, um diese dummen Enten anzuschauen, streichelte Flare die Nase und warf ein paarmal den Flip. Dann setzte sie sich wieder auf ihr Rad und fuhr die Straße hinunter, ich trabte neben ihr her. Der Junge stieß einen Pfiff aus, und ich sprintete in vollem Galopp zurück.

Irgendwie wusste ich, dass wir dieses Mädchen wiedersehen würden. Vielleicht brachte sie ja auch den Korb wieder mit.

12

Später in diesem Sommer fing wieder die Packerei an. Mom lief von einem Zimmer ins andere, Ethan aber lag auf dem Bett und las ein Buch. Eine Weile rannte ich Mom hinterher, während sie Sachen ins Auto räumte. Doch dann kehrte ich zu Ethan zurück, um nach ihm zu sehen. Ich war ratlos. Er legte das Buch weg, und wir gingen nach draußen.

Oma und Opa stiegen schon ins Auto.

»Ich fahre«, sagte Opa.

»Du bist eingeschlafen, bevor wir den Landkreis verlassen«, gab Oma zurück.

Mom schloss den Jungen in die Arme. »Also, Ethan. Du bist ein großer Junge. Sei brav. Ruf an, wenn du ein Problem hast.«

Ethan wand sich aus der Umarmung seiner Mutter. »Ist klar«, sagte er.

»In zwei Tagen sind wir wieder da. Wenn du etwas brauchst, frag Mr Huntley von nebenan. Ich hab dir einen Auflauf gemacht.«

»Ich weiß«, sagte Ethan.

»Bailey, du passt gut auf Ethan auf, hörst du?«

Ich wedelte mit dem Schwanz. Machten wir jetzt eine Spazierfahrt, oder was?

»Ich war in seinem Alter oft allein«, sagte Opa. »Das wird ihm guttun.«

Mom wirkte zögerlich und besorgt, aber sie ließ Ethan los und setzte sich hinters Steuer. »Ich hab dich lieb, Ethan«, sagte sie.

Ethan murmelte etwas und scharrte mit den Füßen auf der Wiese.

Das Auto rollte die Einfahrt hinunter, und Ethan und ich schauten ernst hinterher, bis es außer Sicht war. Dann …

»Los, Bailey!«, rief Ethan.

Alles war plötzlich lustiger. Der Junge aß zu Mittag und anschließend spielten wir Tellerputzen. Dann gingen wir in den Stall, Ethan kletterte auf die Dachsparren, und ich bellte. Als er dann in eine Ladung Heu sprang, stürzte ich mich auf ihn. Die Katze, ein tintenschwarzer Schatten in der Ecke, beobachtete uns, aber als ich sehen wollte, was sie machte, schlich sie davon und verschwand.

Am späten Nachmittag gab der Junge Flare einen Eimer voll Futter, dann liefen wir zurück in die Küche.

Er holte sich Hühnchen aus dem Kühlschrank und nahm den Teller dann zu meiner Überraschung mit ins Wohnzimmer. Interessiert folgte ich ihm und sah zu, wie er den Fernseher einschaltete und es sich mit dem Teller im Schoß bequem machte. Das war neu! Und es wurde noch besser, als er mir beim Essen die saftige Haut vom Hühnchen zuwarf.

Danach spielten wir Tellerputzen (zum zweiten Mal heute!). Ich beschloss zu überprüfen, wie sehr sich die Regeln geändert hatten. Dafür legte ich eine Pfote auf Opas Sessel. Der Junge schwieg. Ich hüpfte hoch und schaute wieder zum Jungen. Er warf mir einen Blick zu, lächelte und wandte sich wieder dem Fernseher zu.

Später klingelte das Telefon, und ich öffnete ein Auge und sah dem Jungen hinterher, als er abhob. Ich hörte ihn das Wort »Bett« sagen, aber als er auflegte, gingen wir nicht zum Schlafen in den Wintergarten. Er setzte sich wieder auf seinen Sessel vorm Fernseher, und ich rollte mich noch ein bisschen fester in meinem zusammen.

Ich war ganz tief eingeschlafen, als ich plötzlich aufschreckte. Irgendetwas stimmte nicht. Der Junge saß steif wie ein Brett da, den Kopf geneigt.

»Hast du das gehört?«, flüsterte er.

Es musste etwas Ernstes sein.

Ich stand auf, streckte und schüttelte mich und blickte Ethan erwartungsvoll an. Was sollte ich tun? Er rührte sich nicht, also ging ich zu ihm. Er berührte mich am Kopf, und ich spürte, wie seine Haut vor Angst prickelte. »Bailey«, flüsterte er.

Was genau vor sich ging, wusste ich nicht, aber es drohte Gefahr, da war ich mir sicher. Ich rüstete mich zum Angriff, mein Fell sträubte sich, und ein Knurren formte sich in meiner Kehle.

Langsam stand der Junge auf und nahm mich am Halsband. In höchster Alarmbereitschaft, und ohne den Jungen aus den Augen zu lassen, lief ich mit ihm nach oben in Moms Zimmer.

Hier war Moms Geruch stark, ihr Schweiß, die blumige Seife, die sie so gern benutzte, ihre Sanftmut. Als die Tür hinter uns ins Schloss fiel, spürte ich, wie Ethan sich ein wenig entspannte. Also wurde auch ich ruhiger. Er ließ mein Halsband los und schaute sich im Zimmer um.

»Okay«, murmelte er.

Er stellte sich hinter die Kommode und stemmte sich mit all seiner Kraft dagegen. Sie rutschte über den Boden. Verwirrt beobachtete ich, wie er das schwere Möbelstück vor die Tür schob. Hatte es vorher nicht gut gestanden?

Als die Tür versperrt war, nickte Ethan, und alle Angst fiel von ihm ab. Worin auch immer die Gefahr bestanden hatte, sie war vorüber. Ethan zog sich Schuhe und Hose aus und ließ sich aufs Bett fallen. »Komm, Bailey!«, rief er.

Ich sprang hoch und legte mich direkt neben ihn. Dann schlang er beide Arme um mich, so wie er es manchmal in der Hundehütte tat. Ich leckte ihm das Ohr und das Kinn ab, das immer noch ein bisschen nach Hühnchen schmeckte. Dann legte ich meinen Kopf auf seinen Brustkorb und versuchte, so viel Trost zu spenden, wie es nur ging.

Immerhin waren wir zusammen. Was sollte da verkehrt sein?

Am nächsten Morgen schliefen wir aus und frühstückten ausgiebig. Ethans Angst von letzter Nacht war wie weggeblasen. Ich fraß den Rand vom Toast und schleckte Rührei auf. Danach durfte ich Ethans Milch austrinken. Was für ein toller Tag!

Nachdem wir *Tellerputzen* gespielt hatten, blieb Ethan noch in der Küche und packte Essen und eine Wasserflasche in eine Tüte. Die verstaute er dann in seinem Rucksack.

Gingen wir spazieren? Gassi gehen mit Essen? Aufgeregt tänzelte ich durch die Küche. Manchmal machten Ethan und ich richtig lange Spaziergänge, und dann nahm Ethan ein paar belegte Brote für uns mit. In letzter Zeit aber schienen uns alle Spaziergänge zu dem Haus von diesem Mädchen, Hannah, zu führen. Ich nahm ihren Geruch am Briefkasten wahr. Der Junge stand dann da und schaute das Haus an, machte wieder kehrt, und wir gingen heim.

Heute ging der Junge pfeifend nach draußen, um nach Flare zu sehen und ihr einen Eimer voll getrockneter Samen zu bringen. Ich schnupperte das Pferdefutter an und leckte etwas davon auf, nur zum Probieren. Es schmeckte nach gar nichts.

Überrascht stellte ich fest, dass Ethan, nachdem Flare gefressen hatte, eine Decke und einen glänzenden Ledersattel holte und dem Pferd auf den Rücken legte. Das hatten wir schon früher gemacht. Ethan hatte sich dann immer aufs Pferd gesetzt, und ich sah von unten zu. Aber Opa war jedes Mal dabei, und das Tor von Flares großem Auslauf war fest verschlossen gewesen.

Diesmal öffnete Ethan das Tor und schwang sich mit einem Lächeln in den Sattel.

»Auf geht's, Bailey«, rief er mir zu.

Ich folgte mürrisch. Es gefiel mir nicht, dass Flare auf einmal alle Aufmerksamkeit bekam. Außerdem war ich zu weit von Ethan weg und musste neben diesem riesigen

Tier herlaufen, das wahrscheinlich so dumm war wie die Enten.

Bald waren wir im Wald und trabten einen Pfad entlang. Ich entdeckte einen Hasen und jagte hinter ihm her. Und wenn er nicht getrickst und auf einmal die Richtung geändert hätte, hätte ich ihn auch geschnappt. Hier gab es mehr als ein Stinktier, aber in ihre Richtung lief ich nicht. Die waren meine Zeit nicht wert.

An einem kleinen Teich machten wir eine Pause, und Ethan sprang vom Pferd. Flare und ich tranken, und Ethan aß ein Brot. Mir warf er die Kruste zu.

»Ist das nicht toll, Bailey? Hast du Spaß?«

Ich starrte seine Hände an. Fragte er, ob ich noch mehr Brot wollte? Natürlich wollte ich das.

Sogar mit Flare war es im Wald schön. Und Ethan hatte den Flip zu Hause gelassen, noch ein Pluspunkt. Außerdem waren da all die interessanten Gerüche und natürlich mein Junge. Ethan packte die übrigen Brote wieder ein und setzte sich wieder auf Flare. Weiter ging's.

Mittlerweile waren wir so weit von zu Hause entfernt, dass ich es nicht mehr riechen konnte. Und an Ethans Stimme und Haltung erkannte ich, dass er müde wurde. »Müssen wir hier lang? Oder da?«, fragte er nach einer Weile. »Erinnerst du dich, Bailey? Weißt du, wo wir sind?«

Schwanzwedelnd schaute ich zu ihm hoch, und wir zogen weiter. Ethan lenkte Flare auf einen neuen Weg.

Inzwischen hatte ich so viel neues Revier markieren müssen, dass mein Bein vom Heben schon schmerzte. Da hob Flare plötzlich den Schweif und ließ einen gewaltigen Schwall Pipi los. Was für eine Sauerei! Ihr Geruch überdeckte jetzt meinen, und keiner würde mich riechen. Das war nicht richtig, immerhin war ich hier der Hund! Das hätte das Pferd besser wissen müssen. Ich lief voraus, um den Geruch aus der Nase zu bekommen.

Ich rannte eine kleine Anhöhe hinauf, und da entdeckte ich die Schlange. Zusammengerollt lag sie auf einem sonnigen Fleck und ihre Zunge schnellte aus ihrem Mund hinaus und wieder hinein, hinaus und hinein. Fasziniert hielt ich inne. So ein Tier hatte ich noch nie zuvor gesehen.

»Was ist da, Bailey? Was hast du gefunden?«

Was der Junge da auch sagen mochte, bestimmt war es nicht: *Los, beiß die Schlange*. Die war sicher kein guter Spielkamerad. Womöglich war sie ja wie das Stinktier und wusste gar nicht, wie man richtig spielt!

Ich lief zurück zu Flare und dem Jungen und trabte neben ihnen den Hügel hinauf. Was Flare wohl machen würde, wenn sie die zusammengerollte Schlange vor sich sah?

Zuerst entdeckte sie das Reptil nicht, aber als sie näher kam, zuckte die Schlange plötzlich zurück und hob ihren schmalen, dunklen Kopf. Und da schrie Flare auf.

Dass Pferde einen solchen Laut ausstoßen konnten, hatte ich überhaupt nicht gewusst! Ich erschreckte mich so sehr, dass ich in ein Gebüsch sprang und wild bellte. Flare stellte sich auf die Hinterbeine, drehte sich im Kreis und trat um sich. Der Junge flog von ihrem Rücken und schlug mit einem dumpfen Geräusch auf dem glatten, staubigen Waldweg auf.

Sofort rannte ich zu ihm. Langsam setzte er sich auf, atmete tief ein und sprang dann auf. Es ging ihm gut! Freudig tänzelte ich um ihn herum, aber er wollte nicht spielen. »Flare!«, rief er.

Das Pferd rannte bereits in vollem Galopp den Weg zurück, den wir gekommen waren, Staub wirbelte unter ihren Füßen auf. Der Junge setzte ihr nach, und da verstand ich, was zu tun war. Ich warf noch einen Blick auf die Schlange –, aber die war verschwunden – und dann jagte ich Ethan, der Flare jagte. Ganz offensichtlich war das ein Wettrennen, und Ethan und ich mussten gewinnen!

Taten wir aber nicht. Ich schoss an Ethan vorbei und versuchte, Flare einzuholen, aber sie war viel zu schnell, und der Junge verlor den Anschluss. Ich kehrte um, da-

mit ich bei ihm war. Er blieb stehen und rührte sich nicht mehr vom Fleck.

»O nein«, sagte er, als ich ihn erreichte, aber das Wort *nein* galt nicht mir. »Was machen wir jetzt, Bailey?«

Ethan fing an zu weinen.

13

Ethan weinte nicht mehr so oft wie früher, als er noch jünger war. Deswegen machte ich mir Sorgen. Ich schob mein Gesicht in seine Hände und versuchte, ihm ganz nahe zu sein, ihn zu trösten. Das war meine Aufgabe.

Das Beste wäre jetzt, entschied ich, wir würden nach Hause gehen und noch mehr Hühnchen essen.

Der Junge sank auf den Waldweg und weinte noch ein bisschen. Ich lehnte mich an ihn und leckte ihm die salzigen Tränen aus dem Gesicht. Schließlich beruhigte er sich und schaute mit leeren Augen in die Bäume.

»Wir haben uns verirrt, Bailey«, sagte er.

Ich wedelte mit dem Schwanz, als er meinen Namen aussprach. Wie sah es jetzt mit dem Hühnchen aus?

Der Junge nahm den Rucksack ab, fischte die Wasserflasche heraus und nahm einen Schluck. Dann packte er sie wieder weg und rappelte sich auf.

»Also gut«, sagte er. »Los geht's.«

Der Spaziergang war anscheinend noch nicht zu Ende,

denn Ethan schlug einen neuen Pfad in eine andere Richtung ein.

Wir gingen noch einen weiten Weg, einmal stießen wir sogar auf unseren eigenen Geruch, was hieß, dass wir im Kreis gelaufen waren. Der Junge stapfte weiter, langsam, aber entschlossen. Auch ich wurde langsamer. Mittlerweile war ich so müde, ich machte mir nicht einmal die Mühe, ein Eichhörnchen zu jagen, das über den Weg huschte.

Als der Himmel langsam dunkler wurde, setzten wir uns auf einen Baumstamm. Ethan aß das letzte Brot, aber dieses Mal bekam ich nicht nur die Kruste, er gab mir die Hälfte ab. Es war mit zartem Truthahn belegt. Herrlich! Zwei Happen später war es verschwunden. Dann machte er eine hohle Hand, tröpfelte Wasser aus der Flasche hinein und ließ mich trinken.

»Es tut mir so leid, Bailey«, sagte Ethan.

Kurz bevor die Dunkelheit hereinbrach, entwickelte der Junge ein Interesse an Stöckchen. Er hob sie auf und schleppte sie zu einem umgestürzten Baum. Ich hoffte, er würde eins oder zwei davon werfen, obwohl ich kaum mehr die Kraft hätte aufbringen können, hinterherzujagen. Stattdessen aber lehnte Ethan alle Äste gegen eine Wand aus Lehm und knorrigen Wurzeln, die entstanden war, als der Baum umfiel.

Auf den Boden unter den Stöcken häufte er Kiefernnadeln an. Dann fand er ein paar Äste, an denen die Nadeln noch hafteten, und legte sie oben auf den kleinen Wetterschutz. Interessiert schaute ich zu.

Als es so dunkel war, dass man nichts mehr sah, kroch er unter die Stöcke. »Hier, Bailey! Komm her!«

Ich krabbelte neben ihm hinein und ließ mich auf den Kiefernnadeln nieder. Drinnen erinnerte es mich an die Hundehütte. Warum konnten wir nicht nach Hause gehen und uns in Opas Sessel kuscheln? Dies schien mir ein seltsamer Ort, um hier die Nacht zu verbringen.

Der Junge fing an zu zittern. Ich schmiegte mich so nah an ihn, wie ich konnte, und legte meinen Kopf auf ihn. So hatte ich mit meinen Geschwistern geschlafen, wenn wir froren.

»Guter Hund, Bailey«, sagte er mir.

Ich wedelte einmal mit dem Schwanz, und er klopfte dabei gegen die Äste, die unser Dach bildeten.

Bald hörte Ethan auf zu zittern und seine Atmung wurde langsamer. Ganz bequem war mir nicht, aber ich blieb, wo ich war. Ich musste den Jungen so warm wie möglich halten, das wusste ich.

Wir waren wieder auf den Beinen, bevor die Vögel anfingen zu zwitschern. Beide markierten wir unser Revier – ich sah den Jungen zum ersten Mal markieren und war sehr überrascht! – und Ethan zog die Papiertüte, in der unsere Brote gewesen waren, aus dem Rucksack.

Hoffnungsvoll steckte ich die Nase hinein. Sie roch noch immer köstlich nach Brot und Truthahn, aber sie war leer. Trotzdem schleckte ich sie ab.

»Die heben wir auf, falls wir ein Feuer machen müssen«, erklärte Ethan mir. Vermutlich sagte er: *Wir brauchen mehr Brot*, und ich klopfte zustimmend mit dem Schwanz auf den Boden. Wir sollten nach Hause gehen. Dort gab es mit Sicherheit genug Brot.

Der Spaziergang am zweiten Tag war nicht so schön wie der erste. Nicht annähernd so schön.

Das Hungergefühl in meinem Bauch wuchs sich zu einem stechenden Schmerz aus, und als wir noch ein Stück gegangen waren, setzte der Junge sich hin und fing wieder an zu weinen, er schniefte gut eine Stunde lang. Ich spürte, wie sich Angst in ihm breitmachte, und setzte mich auf seine Beine. Dann hörte er auf zu weinen und starrte mich mit glasigen Augen an. Das gefiel mir nicht. Es fühlte sich ganz falsch an.

Ich machte mir Sorgen um meinen Jungen. Wir mussten nach Hause – sofort.

Ich leckte ihm das Gesicht und machte ihn vom Kinn bis zu den Augenbrauen nass. Das schien ihn ein bisschen aufzumuntern, und er stand auf.

»Du hast recht, Bailey. Wir können hier nicht nur rumsitzen«, stimmte er mir zu. »Gehen wir.«

Wir kamen an einen kleinen Bach und ich rannte vor, um meine Nase ins Wasser zu tauchen und zu trinken. Der Junge eilte hinter mir her, ließ sich neben mir auf den Bauch fallen und tat es mir nach. Das Wasser linderte die Bauchschmerzen ein wenig und auch der Junge wirkte lebhafter. Als wir uns wieder aufmachten, folgten wir dem Bach.

Der Bach schlängelte und wand sich zwischen den Bäumen hindurch. Weiter vorne schimmerte Sonnenlicht hinter den Stämmen, und Ethan blickte interessiert auf. Er beschleunigte seine Schritte, und wir drängelten uns an den schweren Ästen einer Kiefer vorbei und traten ins Helle.

Der Bach verlief über eine dicht bewachsene Wiese. »Das ist besser, oder, Bailey?«, sagte Ethan. Aber als wir in die Sonne traten, zwickte mich etwas in die Nase und Ethan klatschte sich auf die Backe. »Mücken!«, sagte er.

Trotzdem kehrten wir nicht um. Ethan zog sich den Hemdkragen enger um den Hals, und wir gingen weiter. Nach einer Weile stürzte der Bach einen kleinen Wasserfall hinunter und führte uns dann zurück unter die Bäume.

Ich bemerkte, wie Ethan die Schultern hängen ließ.

An diesem Abend sammelte der Junge keine Äste. Er türmte nur einen Haufen Laub neben einem Felsbrocken auf und rollte sich halb auf, halb unter dem Laub zusammen. Er schmiegte sich eng an mich. Ich ließ ihn nicht allein, obwohl ich in der Nähe Aas riechen konnte, das ich vielleicht hätte essen können. Der Junge brauchte meine Wärme mehr denn je.

Die kalte schwarze Nacht legte sich auf uns. Ethans Kräfte schwanden, das wusste ich. Er war erschöpft und schrecklich hungrig. Lange konnte er nicht mehr weitermachen, nicht so.

Noch nie hatte ich solche Angst gehabt.

Am nächsten Morgen brauchte der Junge sehr lange, um auf die Beine zu kommen und loszulaufen. Als ihm ein Ast ins Gesicht schnalzte, hob er nicht die Hand, um sich zu schützen. Er setzte sich einfach in eine Schlammpfütze.

Ich roch Blut. Der Ast hatte Ethan die Wange aufgerissen. Ich schnupperte an der Wunde.

»Geh weg, Bailey!«, schrie er.

Wut, Angst und Schmerz flammten in ihm auf, aber ich wich nicht zurück. Ich blieb, wo ich war, und als er sein Gesicht in meinem Fell vergrub und ein bisschen weinte, wusste ich, dass ich das Richtige getan hatte.

»Wir haben uns verlaufen, Bailey. Es tut mir so leid«, flüsterte der Junge.

Ich wedelte bei meinem Namen mit dem Schwanz.

Als der Junge nach einer Weile wieder aufstand, musste er sich auf meinem Rücken abstützen, um sich aufzurichten. Wir liefen weiter am Bach entlang.

Er führte uns in einen Sumpf. Bei jedem Schritt versank der Junge bis zu den Waden im Morast, und es machte ein schmatzendes Geräusch, wenn er die Füße wieder herauszog. Weil sich mein Gewicht auf vier Pfoten verteilte, versank ich nicht so tief, aber trotzdem spürte ich den kühlen Schlamm zwischen meinen Zehen.

Käfer schwirrten uns um den Kopf. Ich schnappte nach ihnen, wenn sie meinen Augen oder Ohren zu nahe kamen. Ethan versteckte das Gesicht hinter den Händen.

Er blieb stehen. Mit einem langen, tiefen Seufzer entwich alle Luft seiner Lunge.

Besorgt lief ich zu ihm. Ich legte eine Pfote auf sein Bein.

Er gab auf, das spürte ich.

Ich bellte ein riesiges, tiefes, dröhnendes Bellen, das aus meinem tiefsten Inneren kam. Es war so laut, dass es uns beide erschreckte. Sogar die Käfer zerstreuten sich für eine halbe Sekunde, bevor sie uns wieder umschwärmten.

Ethan ließ die Hände sinken. Er blinzelte mich an.

Ich bellte noch einmal.

»Okay«, stöhnte er. Er bückte sich, um die Hände in den Schlamm zu stecken und Gesicht und Hals damit einzuschmieren. »Du hast ja recht, Bailey. Ist gut.«

Langsam zog er den linken Fuß aus dem Matsch, machte einen Schritt und ließ ihn wieder versinken.

Wir brauchten den halben Tag, um den Sumpf zu durchqueren. Als wir den Bach auf der anderen Seite des Sumpfs wiederfanden, war er tiefer und breiter und das Wasser floss schneller. Bald mündete ein anderes Rinnsal hinein, und noch eines.

Immer wenn sich der Bach zu einem kleinen Teich staute, nahmen Ethan und ich ein paar Schluck Wasser. Und dann stand Ethan nach dem Trinken plötzlich nicht mehr auf.

Ich beäugte ihn eingehend. Ich bellte.

»Nein, ist schon gut, Kumpel«, sagte er leise, als hätte er nicht die Kraft, seine Stimme zu erheben. »Ruhen wir uns ein bisschen aus, ja, Bailey? Ein bisschen ausruhen. Dann gehen wir weiter.«

Als er einschlief, wachte ich über ihn und hielt ihn warm, den Kopf auf seinen Brustkorb gebettet. Ich kam in Versuchung, auch die Augen zu schließen, aber das wäre falsch gewesen, so viel war mir klar.

Schon als Welpe war ich sicher, dass die Welt eine wichtige Aufgabe für mich bereithielt. Nun hatte ich sie gefunden. Ich musste meinen Jungen beschützen. Das war sogar noch bedeutsamer, als ihn zu trösten, wenn er traurig war. Ich musste über ihn wachen und bei ihm sein, wenn er in Gefahr war. Es war meine Bestimmung, ihn zu beschützen.

Nach einer, wie es mir vorkam, langen Zeit, war ich besorgt genug, um Ethan die Nase ins Ohr zu stecken. Wachte er überhaupt nicht mehr auf? Er schnaubte und riss die Augen auf.

»Du bist ein guter Hund, Bailey«, flüsterte er und zwang sich aufzustehen.

Ich war fast zu müde zum Wedeln.

Am späten Nachmittag mündete der Bach in einen Fluss. Mit leeren Augen stand der Junge da und starrte ins dunkle Wasser. Dann liefen wir weiter den Fluss hinunter, trampelten Gras nieder und kämpften uns durch dichte Haine aus jungen Bäumen.

Die Nacht brach gerade an, als ich einen anderen Geruch aufschnappte als Gras, Schlamm, Laub, Eichhörnchen, Wild oder Stinktiere. Es war etwas, auf das wir seit Tagen nicht gestoßen waren – der Geruch von Menschen.

Ethan trottete weiter, seine Füße schleiften über den Waldboden. Die Nase auf dem Boden flitzte ich voran.

»Komm schon, Bailey«, murmelte er. »Wohin willst du?«

Meine Nase fand das, von dem ich schon wusste, dass es hier sein musste – einen Trampelpfad und den starken Geruch von menschlichen Füßen darauf. Hinter mir stolperte Ethan quer über den Pfad. Wahrscheinlich bemerkte er ihn nicht einmal.

Ich bellte.

Ethan wandte sein Gesicht zu mir, und sein Blick wurde wacher. »Hey«, rief er.

Ich trabte weiter. Der Pfad führte am Flussufer entlang, und ich hielt die Nase dicht am Boden. Ich roch, dass die letzte Person, die den Pfad genommen hatte, in diese Richtung gelaufen war, flussabwärts. Der Geruch nach Menschen wurde stärker. Vor gar nicht langer Zeit waren da noch mehr Leute gewesen.

Ethan blieb stehen, also rannte ich zu ihm zurück. Mit großen Augen und offenem Mund schaute Ethan nach vorne.

»Wow«, sagte er.

Der Pfad vor uns führte zu einer Brücke über den Fluss.

Vor meinen Augen löste sich eine Gestalt aus der Dunkelheit. Sie überquerte die Brücke, schaute über das Geländer. Ich spürte, wie Ethans Herz schneller schlug.

Plötzlich schlug seine Aufregung in Angst um. Vorsichtig machte er ein paar Schritte rückwärts und duckte sich in den Schatten eines Baumes.

Er wirkte wieder wie in der ersten Nacht allein zu Hause. Irgendwo schien eine Gefahr zu lauern, aber ich konnte nicht sagen wo.

Mit einem Satz war ich an seiner Seite. Ich spitzte die Ohren und blickte mich wachsam nach einer Bedrohung für meinen Jungen um.

»Bailey«, flüsterte Ethan. »Still!«

»Hey!«, rief der Mann auf der Brücke.

Ich spürte, wie der Junge erstarrte und sich zur Flucht bereitmachte. Obwohl ich nicht glaubte, dass er noch rennen konnte. Was die Gefahr auch sein mochte, wir mussten uns stellen.

»Hey!«, rief der Mann wieder. »Bist du Ethan?«

14

Der Mann von der Brücke nahm uns im Auto mit. Ethan musste vorne sitzen und ich auf der Rückbank, aber ich streckte den Kopf über den Sitz und legte das Kinn auf seine Schulter.

»Wir haben ganz Michigan nach dir abgesucht, mein Junge«, sagte der Mann, und Ethan blickte zu Boden. Unter der Erleichterung spürte ich Trauer, Scham und sogar etwas Angst in Ethan. Zur Unterstützung leckte ich ihm das Ohr.

Der Mann fuhr uns zu einem großen Gebäude, und in dem Augenblick, als das Auto hielt, riss Dad die Tür auf, und er und Mom umarmten Ethan. Oma und Opa waren auch da, und alle waren fröhlich, obwohl es überhaupt keine Hundekekse gab. Und es war ganz eindeutig Zeit für Hundekekse oder belegte Brote oder auch nur einen richtig großen Napf voll normalem Hundefutter.

Der Junge setzte sich in einen Stuhl mit Rädern, und ein Mann schob ihn auf das Gebäude zu. Ich rannte hinter ihm her.

»Warten Sie«, sagte Ethan und hob eine Hand. Er beugte sich über mich und nahm mich fest in die Arme. »Ich komme bald zurück, Bailey«, flüsterte er in mein Fell. »Du bist ein guter Hund. Ein guter Hund. Der beste!«

Dann ließ er los, und als der Mann ihn in das Gebäude schob, hielt Opa mich am Halsband fest. Ich versuchte, mich dem Griff zu entwinden. Ich musste zu meinem Jungen! Wir hatten jede Sekunde im Wald, im Sumpf und, nachdem der Mann uns aufgegabelt hatte, im Auto zusammen verbracht. Wir mussten auch jetzt zusammen bleiben!

Gerade als der Mann den Jungen durch die Tür schob, drehte Ethan sich noch einmal um und winkte mir. »Es passiert ihm nichts, Bailey«, erklärte Opa mir. »Alles wird gut.«

Ich spürte Opas ruhige Ausstrahlung, und auch Ethan schien keine Angst mehr zu haben, also entspannte ich mich ein wenig. Zwar wäre es besser gewesen, bei dem Jungen zu bleiben, aber als Opa mich sanft zum Auto schob, ging ich mit ihm.

Opa ließ mich vorne sitzen. Und es kam sogar noch besser. Wir fuhren an einen Ort, an dem uns eine junge Frau eine köstlich duftende Tüte durchs Fenster reichte. Salz. Fett. Fleisch! Mir hing die Zunge aus dem Mund, und ich sabberte sogar etwas auf den Sitz.

Opa war das egal. Er fütterte mich direkt im Auto,

packte ein heißes Brötchen nach dem anderen aus, und gab es mir. Eines aß er auch.

»Oma darf nichts davon erfahren«, meinte er.

Als wir zu Hause ankamen, war ich so überrascht, Flare im Hof zu sehen, dass ich sie anbellte. »Schluss, Bailey«, sagte Opa und parkte das Auto. Dann nahm er mich mit ins Haus.

Der Junge kam in dieser Nacht nicht heim.

Nun, mit dem Bauch voller Brötchen, hätte ich mich auf den Teppich legen und schlafen können wie ein Stein. Aber das tat ich nicht. Wo war Ethan? Was, wenn er mich brauchte? Auf wunden Pfoten lief ich im Flur auf und ab, bis Dad »Ablegen, Bailey!«, rief.

Ich hielt inne. Was *ablegen* hieß, wusste ich, aber mich auszuruhen, obwohl der Junge weg war, fühlte sich falsch an.

Wenn Dad es aber sagte …

Ein paarmal lief ich noch hin und her, dann ging ich in den Wintergarten. Erschöpft kletterte ich in Ethans Bett und schlief dort mit dem Kopf auf dem Kissen, wo sein Geruch am stärksten war.

Am nächsten Tag fuhr ein Auto die Einfahrt hoch, und heraus stiegen Mom und Ethan. Ich rannte aus der Tür und tänzelte um ihn herum. Er kraulte mir die Ohren, aber so fröhlich wie ich war er nicht.

Ich blieb in seiner Nähe, während Dad mit ihm redete, und Mom mit ihm redete, und Opa noch mehr mit ihm redete. Oma küsste ihn nur und verstrubbelte ihm die Haare und küsste ihn noch mal.

Der Junge hielt den Kopf gesenkt. Was ein Donnerwetter war, wusste ich, und das war eines. Aber niemand erwähnte auch nur Flares Namen! Wie konnte das sein? Weil niemand gesehen hatte, wie Flare davongerannt war, erkannte ich. Keiner wusste, was für ein böses Pferd Flare war. Sie glaubten alle, Ethan sei schuld daran, dass wir uns verirrt hatten.

Das machte mich so wütend, am liebsten wäre ich rausgegangen und hätte das Pferd gebissen, aber das machte ich natürlich nicht. Das Ding war riesig. Stattdessen legte ich den Kopf auf Ethans Knie. Immerhin hatte er mich.

Als das Gerede vorbei war, kam das Mädchen, Hannah, zu Besuch. Sie und Ethan saßen auf der Veranda und sprachen nicht viel, sie murmelten nur etwas und schauten dann weg.

»Hattest du Angst?«, fragte Hannah.

»Nein«, sagte der Junge.

»Ich hätte Angst gehabt.«

»Na ja, ich hatte keine.«

»Hast du nachts gefroren?«

»Ja, ganz schön.«

»Oh.«

»Ja.«

Ich schaute zwischen dem Mädchen und dem Jungen hin und her und lauschte nach Worten wie *Bailey*, *Auto fahren* oder *Keks*. Aber nichts dergleichen wurde gesagt, also legte ich mich zwischen sie und seufzte. Hannah kraulte mich hinter den Ohren.

Ohrenkraulen kann nicht jeder. Manche sind zu grob, andere so sanft, dass es kitzelt. Aber Hannah war eine talentierte Kraulerin. Sie war sogar so gut, dass ich mich auf den Rücken rollte, damit sie es auch am Bauch versuchen konnte.

Ich beschloss, dieses Mädchen zu mögen. Sie durfte uns ruhig öfter besuchen. Und vielleicht ein paar von ihren Schokoladenbrownies mitbringen.

Als Ethan wieder daheim war, kehrte Normalität auf der Farm ein. Und dann packte Mom, viel zu früh für meinen Geschmack, unsere Sachen, und wir machten die Autofahrt, die bedeutete, dass die Schule anfing. Als wir zu Hause in die Einfahrt einbogen, kamen viele Kinder aus der Nachbarschaft angerannt. Chelsea war auch da, aber Marshmallow hatte sie nicht mitgebracht. Als Ethan und ich sie ein paar Tage später in ihrem Garten besuchten, waren alle Gerüche von Marshmallow alt und verblasst. Chelsea weinte ein bisschen, und ich legte ihr meinen Kopf auf den Schoß. Sie nahm mich in die Arme.

Ich wünschte, Marshmallow würde herauskommen, damit wir uns jagen und balgen konnten, aber sie kam nicht.

Diesen Winter, ungefähr zu der Zeit, als Dad den Baum für *Frohe Weihnachten* im Wohnzimmer aufstellte, bekam Chelsea einen Welpen. Sie nannten ihn Duchess.

Duchess liebte es zu spielen. Und zu spielen. Und zu spielen. Das mochte sie so sehr, dass ich manchmal richtig böse wurde, weil sie ihre kleinen, spitzen Zähne in meinem Ohr vergrub oder an meinem Fell zerrte. Dann knurrte ich kurz, und sie hielt inne. Sie blinzelte mich mit unschuldiger, verblüffter Miene an, hielt ein paar Sekunden lang Abstand und beschloss dann, dass ich es nicht so gemeint haben konnte. Und stürzte sich wieder auf mich.

Das war wirklich lästig. Ich spiele so gern wie jeder andere Hund auch, aber manchmal will ein Hund einfach ruhig neben seinem Jungen liegen.

Als der Frühling kam, sagte der Junge immer wieder »Seifenkiste«. Eigentlich sagten das alle Kinder aus der Nachbarschaft. Und sie verbrachten viel Zeit mit Holzarbeiten, mit Sägen und Hämmern und achteten dabei gar nicht auf ihre Hunde.

Jeden Abend gingen Dad und Ethan in die Garage. Die

beiden waren dann so beschäftigt, dass ich zuletzt tatsächlich zu Ethans Wandschrank lief und diesen furchtbaren Flip hervorkramte. *Der* würde ihn sicher von den blöden Holzbrettern ablenken!

Aber dem war nicht so. Vor Frust hätte ich aufheulen können.

»Schau, das ist meine Seifenkiste, Bailey«, sagte er nur. »Sie ist bestimmt super schnell.«

An einem sonnigen Tag legte der Junge endlich das Werkzeug beiseite. Er schob das Garagentor auf und fuhr mit der Seifenkiste wie mit einem Schlitten die Einfahrt hinunter.

Ich trabte neben ihm her und dachte mir dabei, dass wir so einiges auf uns genommen hatten, nur um von der Garage bis zur Straße zu kommen. Aber als wir an der Straße waren, stieg Ethan aus der Seifenkiste und trug sie zurück in die Garage, um weiter damit rumzuspielen!

Ich erkannte den Sinn dahinter einfach nicht. Auf dem Flip konnte man wenigstens herumkauen.

Vielleicht eine Woche später, an einem schulfreien Tag, holten alle Kinder aus der Nachbarschaft ihre Seifenkisten raus und brachten sie zu dem Hügel, wo wir im Winter Schlitten fuhren. Duchess war zu jung, um mitzukommen, aber ich begleitete meinen Jungen.

Todd war auch da. Er lachte und sagte etwas über die

Seifenkiste, die Chelsea schob. An der Art, wie sie den Kopf wegdrehte, erkannte ich, dass er ihre Gefühle verletzt hatte.

Als alle Kinder ihre Seifenkisten oben auf dem Hügel aufgereiht hatten, stand Todds neben Ethans. Dann ging alles ganz schnell.

Jemand rief: »Los!«, und alle Seifenkisten setzten sich gleichzeitig in Bewegung. Ich war so überrascht, dass ich ein, zwei Augenblicke lang ganz vergaß, hinterherzujagen.

Die Fahrzeuge holperten und rollten den Hügel hinunter und nahmen immer mehr Tempo auf. Todd hatte beim Start die Füße in den Boden gestemmt und sich abgestoßen, um mehr Schwung zu bekommen und nun lag er vorne. Chelsea schlug sich mit ihrer Seifenkiste am hinteren Ende durch. Ethan nahm Fahrt auf und war Todd dicht auf den Fersen.

Ich stürmte hinter ihnen her und rannte, so schnell ich konnte, um meinen Jungen einzuholen. Nun endlich verstand ich, wofür all das Hämmern und Sägen und Schleifen gut gewesen war. Es war wie Schlittenfahren nur ohne Schnee. Jetzt konnten wir zusammen schnell sein!

Ich galoppierte weiter, meine Ohren flatterten im Wind, die Zunge hing mir aus dem Mund. Eine Seifenkiste nach der anderen ließ ich hinter mir. Dann jagte ich direkt hinter Ethan her. Vor ihm war nur noch Todds Seifenkiste.

Unten am Hügel stand Billy, Ethans Freund, der nach Erdnussbutter roch, mit einem Stock, an dem eine Fahne hing. Ethans Seifenkiste (und auch Todds) rasten direkt auf ihn zu.

Genau wie im Winter, als der Junge auf seinem Schlitten lag, machte ich einen Satz und landete hinten auf Ethans Gefährt. Das war ein bisschen kniffliger als mit dem Schlitten. Ethan saß aufrecht und lag nicht da, so dass ich auf ihm hätte landen können. Ich plumpste gegen seinen Rücken und die Seifenkiste schlingerte hin und her. »Bailey!«, rief Ethan. Aber er lachte.

Durch mein Gewicht und die Wucht meines Sprunges schossen wir schneller denn je voran. Wir zischten an Todd vorbei und dann an Billy, der die Fahne schwenkte. Der hatte wohl auch Spaß.

Der Untergrund wurde flacher, und die Seifenkiste verlangsamte sich, bis sie stehen blieb. Ethan drehte sich um und umarmte mich. »Guter Hund, Bailey!«, sagte er. Ich wedelte mit dem Schwanz. Konnten wir das noch mal machen?

All die anderen Seifenkisten trudelten hinter uns ein, und mit ihnen die lachenden und schreienden Kinder. Billy rannte zu uns und reckte Ethans Hand hoch in die

Luft. Den Stock mit der Fahne hatte er fallen gelassen, und ich hob ihn auf, schüttelte ihn, tänzelte umher und forderte jeden heraus, der versuchte, mir das Stöckchen wegzunehmen.

»Ungerecht, ungerecht!«, rief Todd.

Die Kinderschar wurde still. Todd raste vor Zorn. Er schubste die anderen Kinder beiseite und baute sich vor Ethan auf.

»Der Hund ist auf deine Seifenkiste gesprungen! Deswegen hast du gewonnen. Das zählt nicht«, beharrte Todd.

»Na und? Bailey hat sich nur einen Spaß erlaubt«, sagte Chelsea. Sie erstarrte, als Todds wütender Blick sie traf.

»Ich hätte dich ohnehin eingeholt«, sagte Ethan.

»Jeder, der findet, dass Todd recht hat, sagt ja!«, erklärte Billy.

»Ja!«, rief Todd. Aber damit war er allein, und während er sich umblickte, wuchs sein Zorn.

»Wer findet, dass Ethan gewonnen hat sagt jo!«, fuhr Billy fort.

»Jo!«, schrien die übrigen Kinder. Es war so laut, dass ich vor Schreck mein Stöckchen fallen ließ. Ethan grinste, wandte den Blick aber nicht von Todd ab.

Todd machte einen Schritt nach vorne. Seine Hand

ballte sich zur Faust, er holte aus und traf Ethan mitten auf den Brustkorb. Ethan sprang zurück, duckte sich, dann machte er einen Satz nach vorne und packte Todd. Beide fielen zu Boden.

»Kampf!«, rief Billy.

Ethan und Todd kugelten gemeinsam über die Wiese. Mit Raufen kannte ich mich aus, aber wenn Hunde sich balgten, war da keine Wut im Spiel, kein Wunsch, den anderen zu verletzen. Hier war das anders.

Ich sprang vor, aber Chelsea packte mich am Halsband. »Nein, Bailey. Bleib!«, sagte sie zu mir.

Ich drehte und wand mich, um mich aus ihrem Griff zu befreien. Chelsea war nett, aber wenn mein Junge mich brauchte, konnte sie nicht einfach so *bleib* sagen!

Bald schon saß Ethan oben auf Todd, die Hände auf seine Schultern gestützt. »Gibst du auf?«, fragte Ethan.

Todd schaute weg. Scham und Hass verzerrten sein Gesicht. Schließlich nickte er. Ethan stieg von ihm herunter, und beide Jungen standen auf und klopften sich den Dreck von den Hosen. Chelseas Griff um mein Halsband lockerte sich.

Ich spürte, wie eine neue Woge der Wut Todd packte, er holte aus und schlug Ethan mit beiden Händen gegen die Schultern. Ethan stolperte und fiel beinahe hin.

Sofort war ich an seiner Seite, bereit ihn zu verteidigen.

Langsam richtete Ethan sich wieder auf. Er legte eine Hand auf meinen Nacken.

Ethan blickte Todd an. Dann trat Billy vor.

»Nein«, sagte Billy. »Du hast aufgegeben, Todd. Damit hat sich die Sache.«

»Nein«, sagte Chelsea.

»Nein«, sagten auch einige der anderen Kinder. »Nein.«

Todd schaute sich um. Die Hände zu Fäusten geballt drehte er sich um. Ohne ein weiteres Wort und ohne jemanden anzusehen, schnappte er seine Seifenkiste und stapfte den Hügel hinauf.

Als Todd weg war, zogen die anderen Kinder ihre Seifenkisten den Hügel wieder hoch und fuhren hinunter. Immer wieder. Ich fuhr jedes Mal mit Ethan mit.

An diesem Abend war Ethan beim Abendessen sehr aufgeregt. Schnell redete er auf Mom und Dad ein, die aufmerksam zuhörten und lächelten. Später wälzte er sich lange im Bett hin und her, und als er endlich schlief, war er immer noch so unruhig, dass ich mich vom Bett gleiten ließ und auf den Boden legte. Deswegen schlief ich nicht sehr fest, als ein lautes Klirren von unten kam.

»Was war das?«, fragte der Junge und setzte sich kerzengerade auf. Er warf die Decke zurück, als Licht durch die Schlafzimmertür fiel.

»Ethan, bleib in deinem Zimmer«, rief Dad aus dem Flur. Seine Stimme klang angespannt, er war nervös und wütend, und er hatte Angst. »Bailey, komm.«

Gehorsam trottete ich hinter Dad die Treppe hinunter. Er lief vorsichtig voran und machte das Licht im Wohnzimmer an. »Wer ist da?«, rief er laut.

Die Vorhänge, die das vordere Fenster umrahmten, flatterten im Wind. »Komm nicht barfuß runter!«, rief Dad.

»Was ist los?«, fragte Mom von der obersten Stufe aus.

»Jemand hat uns einen Stein durchs Fenster geworfen. Bleib zurück, Bailey.«

Während Dad in die Diele ging, um sich ein Paar Schuhe zu holen, schnupperte ich an den Glasscherben am Boden. Zwischen ihnen lag ein Stein. Den Geruch daran erkannte ich sofort.

Todd.

15

Im Frühling, vielleicht ein Jahr später, wurde Smokey, der Kater, krank. Er lag nur jammernd herum und protestierte nicht einmal, als ich ihm die Nase aufs Gesicht legte, um herauszufinden, was ihm fehlte. Ich roch Krankheit und noch mehr als das: Erschöpfung. Er war entkräftet, sein kleiner Körper weich und schlaff. Ich leckte ihm die Ohren.

Mom öffnete eine Dose voll köstlichem Thunfisch, aber Smokey drehte nur den Kopf weg. Also übernahm ich das Aufessen. Dann nahm Mom ihn mit auf eine Autofahrt. Als sie zurückkamen, war Mom traurig.

Vielleicht machte es keinen Spaß, mit Katzen Auto zu fahren.

Eine knappe Woche später starb Smokey.

Nach dem Abendessen ging die Familie in den Garten und Ethan hob ein Loch aus. Ich half natürlich. Dann wickelten sie Smokey in eine Decke und deckten ihn mit Erde zu.

Ethan und Mom weinten ein bisschen. Ich schnupperte

sie an, um sie daran zu erinnern, dass sie nicht traurig sein mussten. Ich war ja noch da, und ganz offensichtlich war ich ein viel besseres Haustier als Smokey.

Diesen Sommer fuhren wir überhaupt nicht zur Farm. Ethan und ein paar seiner Freunde aus der Nachbarschaft standen jeden Tag früh auf und gingen zu verschiedenen Häusern, wo sie die Wiese mit lauten Rasenmähern abschnitten. Ich begleitete den Jungen immer – und das war auch gut so! Aber er band mich stets mit der Leine an einen Baum, und das fand ich gar nicht lustig. Warum der Junge lieber einen lauten, stinkenden Rasenmäher über die Wiese schob, anstatt mit mir durch den Wald zu wandern, oder *Rette mich* am Weiher zu spielen, verstand ich einfach nicht.

Als die Schule wieder anfing, gab es noch mehr Veränderungen. Mom kam nun immer vor Ethan heim und ließ mich ins Haus. Der Junge trudelte erst spät ein, kurz vor dem Abendessen, und roch nach Erde, Schweiß und Gras. An manchen Abenden drängten wir uns alle ins Auto und fuhren zu einem großen Hof, wo Ethan auf einer Wiese Jagen und Fangen mit anderen Jungen spielte. »Hey, Bailey, willst du das Football-Spiel sehen?«, fragte Ethan dann.

Etwas sehr Seltsames an diesem Spiel war auch, dass jede Menge Leute darum herum saßen oder standen und völlig grundlos johlten und schrien. Das alles war sehr verwirrend, trotzdem sprang die Aufregung all dieser Menschen auf mich über, so dass ich wild wedeln und an meiner Leine ziehen musste.

Als ich zum ersten Mal eines dieser Spiele besuchte, sah ich, wie Ethan in die Höhe sprang, um einen Ball in der Luft zu fangen. Ein anderer Junge packte ihn, und sie kugelten über den Rasen.

So schnell ich konnte, sprang ich vor, und die Leine rutschte Mom aus der Hand. »Bailey!«, kreischte sie.

Ich wich einer Gruppe Mädchen aus und hüpfte über eine Familie, die auf dem Boden saß, dann schoss ich auf die große Wiese, um mit meinem Jungen zu spielen.

Der Ball war Ethan aus der Hand gerollt, als er hingefallen war. Ich schnappte ihn mir. Er schmeckte fast genauso wie der Flip – igitt! – und war zu groß für mein Maul, aber als ich meine Zähne fest darin versenkte, gab der Ball nach.

»Bailey!«, rief Ethan und kam auf die Beine. »Bailey, nein! Böser Hund!«

Aber das meinte er anscheinend nicht so, immerhin lachte er. Ich tänzelte mit dem Ball im Maul herum, und als ein paar der anderen Jungen versuchten, ihn mir abzunehmen, entstand ein tolles *Das-ist-mein-Ball-Spiel*. Schließlich hörte Ethan auf zu lachen und rief mich ernst zu sich. Ich eilte zu ihm und legte ihm den Ball vor die Füße, damit er ihn mir für noch eine Runde werfen konnte.

»Du Dödel, Bailey!«, sagte er. Mom kam aufs Spielfeld gerannt und nahm meine Leine. Und dann zog sie mich, völlig unverständlicherweise, zurück an den Rand. Noch bevor Ethan den Ball werfen konnte!

»Bailey, du bist ein böser Hund!«, sagte sie, aber auch sie meinte es nicht ernst. Sie konnte sich das Lachen kaum verbeißen. Aber für den Rest des Spiels lockerte sie den Griff um die Leine nicht, was total ungerecht war. Warum durften die Jungs spielen, und ich nicht?

Chelseas Welpe, Duchess, wurde erwachsen, und wir freundeten uns doch noch an. Als es schneite, gingen Ethan und ich Schlitten fahren, und als der Schnee schmolz, machten wir Spaziergänge und spielten Ball. Ein paarmal zog der Junge den Flip aus dem Wandschrank und schaute ihn an. Ich versuchte jedes Mal, nicht aufzufallen, damit er nicht auf die Idee kam, dieses Ding für mich zu werfen. Dann legte er den Flip wieder weg, und erleichtert klopfte ich mit dem Schwanz auf den Boden.

Im nächsten Sommer schob Ethan wieder lieber Rasenmäher, als auf die Farm zu fahren. Ein Jammer! Und als es wieder kühler wurde, gab es noch mehr Football. Ich durfte nie wieder mitspielen. Wenn ich Ethan inmitten der rennenden, raufenden Jungen roch, winselte ich manchmal ein bisschen, weil ich nicht mitlaufen und -balgen konnte. Mom streichelte mir dann den Kopf, und ich wusste, dass sie mich verstand.

Aber eine tolle neue Sache machte den ganzen Football-Kram fast wieder wett. Ethan fing an, selber Auto zu fahren! Fast immer nahm er mich mit, und ich durfte vorne sitzen. Ich streckte die Nase aus dem Fenster und sog den Schwall aus faszinierenden Gerüchen ein, während er die Straße hinunterbrauste.

Als der Sommer wiederkam, fuhr Ethan mich und Mom zur Farm. Endlich!

Flare gab vor, mich nicht zu kennen, und ob die Enten und Küken dieselben wie früher waren, konnte ich nicht mit Sicherheit sagen. Sonst hatte sich nichts verändert. Ich erschnupperte das Stinktier im Wald und schaute, was Oma in der Küche kochte, dann hüpfte ich in den Weiher und rannte zurück zu meiner Familie in den Wintergarten, um mich zu schütteln und alle nass zu spritzen.

Ethan arbeitete fast jeden Tag mit Opa und ein paar anderen Männern; sie hämmerten und sägten Holzbretter. Erst dachte ich, sie bauten noch eine Seifenkiste, aber bald erkannte ich, dass sie einen neuen Stall, direkt neben dem alten (der ein Loch im Dach hatte) aufstellten.

Hämmern und Sägen war nicht wirklich spannend,

also hielt ich immer die Augen offen, um nichts Besseres zu verpassen. Deshalb entdeckte ich die Frau, die die Einfahrt hochkam, zuerst. Ich rannte auf sie zu, bereit, im Notfall zu bellen. Als ich so nah war, dass ich ihren Geruch aufschnappen konnte, erkannte ich sie – sie war das Mädchen, Hannah! Sie war fast erwachsen!

»Na du, Bailey!« Sie kraulte mir die Ohren. Darin war sie immer noch sehr gut. »Hast du mich vermisst? Feiner Kerl!«

Ethan kam mit einem Brett in der Hand aus dem Stall. Er blieb stehen.

»Oh. Hallo. Hannah?«

»Hallo, Ethan.«

Opa und die anderen Männer grinsten verstohlen. Ethan schaute über die Schulter zu ihnen und wurde feuerrot. Dann stellte er das Brett ab und kam zu mir und Hannah herüber.

»Also, hallo«, sagte er noch einmal.

»Hallo.«

Sie schauten sich nicht an. Hannah hörte auf mich zu kraulen. Ich stupste sie mit der Nase an, um sie daran zu erinnern, dass sie noch nicht fertig war.

»Komm mit ins Haus«, sagte Ethan.

Von da an bemerkte ich beim Autofahren jedes Mal, dass der Vordersitz nach Hannah roch. Tatsächlich roch

auch Ethan manchmal nach Hannah. Das lag vermutlich daran, dass die beiden, wenn es ging, gerne sehr nah beieinander saßen. Einmal schlief ich auf dem Teppich, als die beiden zusammen auf der Couch hockten. Plötzlich durchfuhr beide eine Welle aus Aufregung und Furcht, die mich aufschrecken ließ.

Ich sprang auf und blickte mich suchend nach der Ursache dieser Gefühlswallung um. Alles schien in bester Ordnung zu sein. Ethan und Hannah schauten mich nicht einmal an. Sie hielten ihre Gesichter sehr nah aneinander und ihre Herzen pochten wild.

Schnell hüpfte ich auf die Couch und drängte meine Schnauze zwischen sie, leckte Ethans Kinn ab und erwischte dabei auch Hannahs Backe. Eigentlich durfte ich ja nicht auf die Couch, aber wenn sich hier etwas so Aufregendes abspielte, konnte ich die Vorschriften bestimmt mal vernachlässigen. Falls gleich etwas passierte, war ich lieber in der Nähe.

Ethan und Hannah brachen beide in Gelächter aus, und die Aufregung verpuffte. Schätzungsweise passierte nun doch nichts Besonderes. Trotzdem durfte ich auf der Couch bleiben, während die beiden einen Film schauten.

Dann kam wieder der Tag, an dem Mom herumrannte und Sachen ins Auto schleppte. Da lachte keiner mehr.

Der Geruch der frischen Farbe vom Stall lag in der

Luft. Das Mädchen kam vorbei, und sie und Ethan gingen hinunter zum Weiher und setzten sich auf den Steg, wo sie die Füße ins Wasser baumeln ließen. Sie redeten. Und redeten. Und redeten.

Sie warfen keine Stöckchen, schwammen nicht und machten auch sonst überhaupt nichts Lustiges. Ich bellte die Enten ein bisschen an – das letzte Mal für eine ganze Weile, das hatte ich im Gefühl – und lief dann zurück zu den beiden, um nachzuschauen, ob inzwischen etwas Interessanteres passierte.

Das war aber nicht der Fall. Hannah weinte ein bisschen, und Ethan umarmte sie. Ich stupste ihre Hand an, aber scheinbar war sie nicht in der Stimmung für Ohrenkraulen. Also legte ich mich hin und seufzte. Kein Ohrenkraulen? Keine Stöckchen? Keine Hundekekse? Kein *Rette-mich*-Spiel?

Am Auto umarmten sie sich noch länger. Ethan hupte zum Abschied, während er das Auto aus der Einfahrt lenkte.

16

Daheim gab es ein paar Veränderungen, als die Schule wieder anfing. Zum Beispiel verbrachte Ethan viel Zeit in seinem Zimmer und redete ins Telefon. Er sagte immer wieder »Hannah«, aber ich sah oder roch das Mädchen nie, was wirklich schade war. Meine Ohren hätten ein bisschen Kraulen gut vertragen können.

Die Bäume verloren schon ihre Blätter, als Ethan mich mit dem Auto an einen Ort brachte, an dem große silberne Schulbusse ein- und ausfuhren. In der Luft hing der Geruch von Rauch und verbranntem Benzin. Neben einem der Busse stand Hannah! Als sie uns entdeckte, winkte sie.

Ich weiß nicht, wer aufgeregter war, sie zu sehen, ich oder der Junge. Ich wollte mir ihr spielen, Ethan umarmte sie nur. Aufgeregt wickelte ich die Leine um ihre Beine, und die beiden mussten einander loslassen und sich befreien. Dabei sagten sie meinen Namen und lachten, bis sie sich wieder in die Arme fielen.

Ich war so froh, Hannah zu sehen, dass es mir gar

nichts ausmachte, auf dem Heimweg hinten zu sitzen, während Hannah neben Ethan Platz nehmen durfte.

»Der Trainer sagt, dass beim Football-Spiel heute Abend Talentsucher von verschiedenen Unis kommen, um mich spielen zu sehen«, sagte der Junge. »Von der Universität von Michigan und auch von der Michigan State.« Seine Stimme klang aufgeregt und ein bisschen ängstlich.

Ich warf einen Blick aus dem Fenster, um zu sehen, was los war, aber draußen passierte nichts Ungewöhnliches.

An diesem Abend begleitete ich Hannah stolz zu Ethans Football-Spiel. Ich führte sie zu den Plätzen, wo Mom normalerweise mit mir saß.

Es dauerte nicht lange, da lief Todd an uns vorbei.

»Hi, Bailey«, sagte er mit freundlicher Stimme. Aber irgendetwas stimmte noch immer nicht mit ihm. Ich schnüffelte an seiner ausgestreckten Hand und duckte mich weg, als er versuchte, mich zu streicheln.

»Du kennst Bailey?«, fragte das Mädchen. Ich klopfte mit dem Schwanz gegen ihr Bein, als sie meinen Namen sagte.

»Wir sind alte Freunde, nicht wahr, Kumpel? Feiner Hund.«

So jemand wie Todd brauchte mich nicht *feiner Hund* zu nennen.

»Du bist nicht von unserer Schule. Gehst du auf die East High?«

»Nein, ich besuche nur Ethan und seine Familie.«

»Bist wohl eine Cousine oder so?«

Die Menge jubelte plötzlich, und ich fuhr herum. Auf dem Rasen ging es richtig zur Sache. Ich zog ein bisschen an der Leine, aber Mom musste Hannah gesagt haben, dass sie nicht locker lassen durfte. Auch heute wurde nichts aus einem schönen Spiel.

»Nein«, antwortete Hannah. »Nur … eine Freundin.«

»Willst du ein bisschen abhängen?«, fragte Todd. »Ich treffe mich gleich mit ein paar Leuten. Das Spiel wird ja auch nicht besser.«

»Nein, ich … ich warte lieber auf Ethan.«

Gespannt schaute ich das Mädchen an. Ich bemerkte, dass sie nervös wurde, aber da konnte ich ihr keinen Vorwurf machen. Vielleicht spürte sie so wie ich die Wut, die in Todd brodelte. Sie war immer da, und in diesem Augenblick wuchs sie.

Ich erinnerte mich daran, wie er mich geschlagen hatte, und rückte näher an das Mädchen heran.

»Ethan!« Todd wandte sich ab und spuckte ins Gras. »Warte, ist er dein fester Freund?«

»Na ja …«

»Dann solltest du wissen, dass er schon eine Weile mit

Michele Underwood geht. Eine von den Cheerleadern.« Todd deutete mit dem Finger. »Siehst du die? Mit den blonden Haaren?«

»Was?«

»Ja. Das weiß jeder.«

»Oh.«

Todd trat näher an Hannah heran, und als er die Hand auf ihre Schulter legte, erstarrte sie. Ich kam auf die Beine.

Todd schaute auf mich herab, und mir sträubte sich das Nackenfell. Noch bevor ich wusste, was ich tat, formte sich ein leises Knurren in meiner Kehle.

»Bailey!« Das Mädchen sprang auf. »Was ist los?«

Todd beachtete mich nicht weiter und schaute nur Hannah an. »Warum bindest du den Hund nicht an und kommst mit? Wird bestimmt lustig.«

»Ähm, nein.« Hannah zupfte am Reißverschluss ihrer Jacke herum. »Nein, das kann ich nicht machen.«

»Warum nicht? Komm schon.«

»Nein, ich muss mich um Bailey kümmern.«

Todd zuckte die Achseln. Er starrte sie an. »Na, dann. Mir egal.«

Er konnte seine Wut kaum noch bändigen. Ich knurrte noch einmal. Diesmal wies mich das Mädchen nicht zurecht. Zu Todd sagte sie auch nichts.

»Gut«, meinte Todd. »Frag Ethan nach Michele. Ja?

Frag ihn.« Er steckte die Hände in die Hosentaschen und ging davon.

Hannah setzte sich hin und legte einen Arm um mich. Ich lehnte mich an sie. Als die Menschen um uns herum schrien und jubelten, blieb sie still.

Etwa eine Stunde später kam Ethan angerannt. Er war verschwitzt, glücklich und aufgeregt. »Michigan State, wir kommen!«, rief er. Ich bellte und wedelte mit dem Schwanz und tänzelte an meinem Ende der Leine herum. Aber ein Blick in Hannahs Gesicht genügte, und Ethans Freude war verflogen.

»Was ist los, Hannah?«

»Wer ist Michele?«

Ich legte eine Pfote auf Ethans Bein, damit er wusste, dass ich jetzt mit ihm Football spielen konnte, wenn er wollte. Die anderen Jungs hatten den Rasen verlassen, aber ich war ja da.

»Michele? Wen meinst du?« Ethan lachte, aber sein Lachen erstarb nach einer Sekunde, als wäre ihm die Luft ausgegangen. »Hannah? Was ist los?«

Der Junge und das Mädchen liefen im Kreis um den großen Platz herum und redeten und redeten und redeten, während die anderen Leute gingen, die Dämmerung hereinbrach und die Luft kühler wurde. Ich trabte hinter ihnen her und entdeckte hier und da schmackhafte Essensreste – Popcorn, den Rest eines Thunfischbrötchens, eine Eiswaffel. Dabei überlegte ich, warum die Leute lieber Geräusche mit dem Mund machten, als einem Football hinterherzujagen oder über eine Wiese zu rennen.

»Ich kenne dieses Mädchen nicht«, sagte Ethan. »Wer hat dir das erzählt?«

»Ich weiß nicht, wie er heißt. Er kannte aber Bailey.«

Als mein Name fiel, erstarrte ich und hob die Nase von dem Bonbonpapier, das ich gerade ableckte. Aber niemand wollte es mir abnehmen. Also machte ich mich wieder an die Arbeit.

»Jeder kennt Bailey. Er kommt zu allen Spielen.«

Mehr laufen. Mehr reden. Aber ich hatte schon die meisten Essensreste gefunden, die es sich zu fressen lohnte, und wollte nach Hause. Endlich blieben Ethan und Hannah stehen und umarmten einander. Das taten sie wirklich oft.

»Willst du Auto fahren, Bailey?«, fragte der Junge.

Natürlich wollte ich das!

Wir fuhren heim, und da redeten sie *noch* mehr (bekamen sie nie genug davon?) und setzten sich dann Arm in Arm auf die Couch. Ich ließ sie alleine und ging in den Garten, wo ich etwas Bemerkenswertes entdeckte.

Fleisch. Ein großes Stück Fleisch lag dort einfach so in der Wiese.

Gerade wollte ich es hinunterschlingen, bevor irgendein anderer Hund auftauchte und es mir wegschnappte, aber da hielt ich inne. Ich schnupperte ein zweites Mal daran.

Es roch irgendwie falsch. Da war eine seltsame bittere Note, die ich noch nie zuvor an Essen wahrgenommen hatte. Und was noch komischer war, es war übersät von Todds Geruch.

Ich hob das Stück Fleisch auf und trug es hinüber zur Terrasse an der Hintertür. Dort ließ ich es fallen. Es roch nicht nur bitter, es schmeckte auch so. Schaumiger Speichel lief mir im Maul zusammen, und ich ließ ihn ins Gras tropfen.

Dann setzte ich mich hin und schaute das Fleisch an.

Es roch falsch. Es schmeckte falsch. Aber es war Fleisch. Genau hier in meinem Garten. Wenn ich es schnell hinunterschlang, schmeckte man das Bittere vielleicht nicht so heraus.

Mit der Nase stupste ich das Fleisch an, dann legte ich mich hin und ließ es dabei nicht aus den Augen. Warum roch es so stark nach Todd?

17

Als Mom am nächsten Morgen rauskam und mich sah, ließ ich den Kopf hängen und legte die Ohren an. Irgendwie fühlte ich mich schuldig. Ich wusste aber nicht recht, warum.

»Guten Morgen, Bailey«, sagte sie. Dann bemerkte sie das Fleisch. »Was ist das denn?«

Sie sah sich das Fleisch genauer an. Ich wedelte schüchtern mit dem Schwanz. Meine Schwanzspitze fegte dabei über die Fliesen der Terrasse. Um das Fleisch hatte ich mir die ganze Nacht Sorgen gemacht. Hätte ich es fressen sollen? War es in Ordnung, wenn ich es stehen ließ? Was sollte ich als braver Hund tun?

Als ich mich auf den Rücken drehte und Mom meinen Bauch kraulte, ging es mir besser. Böse Hunde kraulte niemand am Bauch. »Wo kommt das denn her, Bailey?« Mom hörte mit dem Kraulen auf und hob das Fleisch mit spitzen Fingern auf. »Igitt«, sagte sie.

Ich rappelte mich auf und legte den Kopf schräg. Wollte Mom mir das Fleisch geben? Wenn sie das tat, dann musste es wohl okay sein. Ich wedelte heftiger mit dem Schwanz.

»Pfui, Bailey. Das ist nichts für dich, was es auch sein mag«, meinte Mom. Sie warf das Fleisch in die Mülltonne.

Hannah saß auf meinem Platz vorn im Auto, als wir zu dem großen silbernen Schulbus fuhren. Ich war lange allein im Auto, als Ethan und Hannah draußen standen und sich umarmten. Als der Bus wegfuhr und Ethan wieder einstieg, spürte ich, wie einsam er war. Ich überlegte, ob es ihm guttäte, wenn wir zu Hause *Hundehütte* spielten. Ich sprang auf den Vordersitz und bettete meinen Kopf auf seinen Schoß, statt die Nase aus dem Fenster zu halten.

Das Mädchen kam am Tag nach *Frohe Weihnachten* wieder zu Besuch, als die Familie drinnen um den Baum saß und Papier zerfetzte. Normalerweise mochte ich die Weihnachtszeit, weil ich dann Mom und Dad und Ethan in einem Zimmer beisammen hatte und aus der Küche gute Gerüche hereinwehten. Außerdem hatte ich allerhand Papier, das ich mit den Zähnen zerreißen konnte. (Sonst mochte es die Familie nicht so, wenn ich Papier zerriss, aber an *Frohe Weihnachten* galten andere Regeln.)

Dieses Jahr war Weihnachten nicht so lustig wie sonst,

weil Ethan Mom ein schwarz-weißes Kätzchen namens Felix schenkte. Das kleine Fellbündel hatte überhaupt keine Manieren! Es schlich sich von hinten an meinen Schwanz an oder attackierte mich mit einem Satz von der Couch aus und schlug mit seinen winzigen Pfoten nach mir. Wenn ich versuchte, mit Felix zu spielen, schlang er die Beine um meine Nase und knabberte mit seinen scharfen Zähnen an mir. Er war schlimmer, als Duchess in dem Alter gewesen war! Schließlich verzog ich mich in eine Ecke und ließ meine Schnauze auf die Vorderpfoten sinken. Dabei stieß ich einen langen Seufzer aus, damit Ethan merkte, wie sehr ich litt.

Nicht einmal auf Hannah war Verlass. Als sie kam, beschäftigte sie sich ständig mit Felix. Obwohl ich sie doch schon viel länger kannte und ich eindeutig ihr Lieblingstier war. Aber sie ließ immer wieder Schleifen von Weihnachtspäckchen vor der Nase des Kätzchens baumeln und lachte dabei. Ich musste zu ihr gehen und ihre Hand mit der Nase anstupsen, damit sie mich endlich ordentlich hinter den Ohren kraulte.

Wenigstens konnte ich mit Hannah und Ethan rausgehen. Felix probierte es nur einmal. Er setzte eine Pfote in den fluffigen weißen Schnee, der das Haus umgab, dann machte er kehrt und huschte wieder hinein, als hätte er sich verbrannt. Und als der Junge und das Mädchen vor dem Haus einen großen Schneehaufen bauten und ihm einen Hut aufsetzten, war ich mit dabei. Der Junge balgte gern in dem weißen Zeug mit mir herum, und ich ließ es mir gefallen, einfach weil es schön war, wenn er die Arme um meinen Hals legte. So hatten wir früher jeden Tag gespielt, als wir beide noch jünger waren.

Am zweiten Tag, an dem Hannah da war, gingen wir drei Schlitten fahren. Felix musste natürlich daheim bleiben.

Die Sonne schien, und die Luft war so kalt und sauber, dass ich es bis hinunter in die Kehle schmeckte. Fast alle Kinder aus der Nachbarschaft waren am Schlittenhügel. Hannah und Ethan zogen oft die Kleineren den Hang hinauf, ehe sie selber hinunterrodelten. Ich stand unten, als Todd angefahren kam.

Er schaute mich an, als er aus dem Wagen stieg, aber er hielt mir weder seine Hand hin noch redete er mit mir. Ich hielt Abstand.

»Linda! Komm, es wird Zeit, dass du heimkommst!«, rief er.

Linda rutschte mit drei ihrer kleinen Freundinnen auf einem runden Stück Plastik den Hang hinunter. Sie drehten sich im Kreis und kicherten. Ethan und Hannah, zu zweit auf einem Schlitten, sausten an ihnen vorbei.

»Nein! Ich will nicht heim!«, brüllte Linda.

»Aber plötzlich! Mom hat es gesagt!«

Unten angekommen, purzelten Ethan und Hannah in den Schnee. Ich rannte hin und beschnupperte sie, nur für den Fall, dass sie nach einer Fahrt ohne mich anders rochen. Todd stand da und beobachtete sie.

Bei Todd kam etwas an die Oberfläche, das schlimmer war als Wut. So etwas hatte ich noch nie bei jemandem gespürt. Es war dunkel, sengend heiß und angsteinflößend. Ich hob den Kopf und merkte, wie ein Knurren in meiner Kehle aufstieg.

Ethan und das Mädchen standen auf und bürsteten sich gegenseitig den Schnee ab. Sie sprudelten nur so über vor Glück. Mein Blick wanderte von ihnen zu Todd, der reglos dastand, mit ausdrucksloser Miene, die Hände in den Taschen, die Schultern hochgezogen.

»Hey, Todd«, sagte Ethan mit strahlendem Lächeln.

»Hi.«

»Das ist Hannah. Hannah, das ist Todd. Er wohnt die Straße runter.«

Hannah reichte ihm lächelnd die Hand. »Nett, dich kennenzulernen.«

Todd erstarrte. »Wir haben uns doch schon kennengelernt.«

Hannah schob ihre lila Strickmütze ein wenig höher, um besser sehen zu können. »Wirklich?«

»Bei dem Football-Spiel«, sagte Todd. Dann lachte er, ein kurzes Bellen. Es klang wie eine Warnung.

Hannah blinzelte. »Ach ja, stimmt«, sagte sie.

»Was?«, fragte Ethan.

»Ich muss meine Schwester abholen«, erklärte Todd. »Linda!«, schrie er, die hohlen Hände um den Mund gelegt. »Komm sofort her!«

Lindas Schlitten kam zum Stehen. Sie löste sich aus dem Knäuel ihrer Freundinnen. Mit traurigem Gesicht trottete sie auf Todd zu.

»Er ist ... er ist der, mit dem ich geredet habe«, sagte Hannah zu Ethan. Ich spürte ihre Sorge. Und den aufflammenden Zorn von Ethan.

»Warte mal, was? Du? Todd, du warst der Kerl, der Hannah erzählt hat, ich wäre mit Michele zusammen? Ich *kenne* Michele nicht mal.«

»Ich muss los«, murmelte Todd. »Steig ein, Linda.«

»Nein, Moment mal«, sagte Ethan. Er streckte die Hand aus. Todd wich zurück.

»Ethan«, flüsterte Hannah. Sie legte ihm die Hand auf den Arm.

»Warum hast du das getan, Todd? Warum lügst du? Was ist los mit dir, Mann?«

Die Gefühle, die in Todd brodelten, hätten den Schnee schmelzen können, auf dem er stand. Aber sein Gesicht verriet nichts. Er stand da und sagte kein Wort. Am liebsten hätte ich den Saum von Ethans Jacke mit den Zähnen gepackt und ihn weggezerrt. Aber ich wusste, dass brave Hunde das nicht dürfen.

»Deswegen hast du keine Freunde, Todd.«

Hannah schnappte nach Luft, als sie Ethans Worte hörte.

»Warum kannst du nicht einfach normal sein? Ständig machst du blöde Sachen. Das ist einfach krank.«

Todd sagte immer noch nichts. Er ging weg und stieg ins Auto. Linda saß bereits auf dem Rücksitz. Mit einem Knall schlug er die Tür zu.

Mit ausdrucksloser Miene schaute Todd Ethan und Hannah durch das Fenster an. Sogar der Motor klang wütend, als er davonfuhr.

»Das war gemein«, sagte Hannah.

»Du kennst ihn nicht.«

»Ist mir gleich. Du hättest nicht sagen sollen, dass er keine Freunde hat.«

»Hat er auch nicht. Er macht dauernd so etwas. Er war schon immer verdorben. Schon seit wir Kinder waren. Die Sachen, die er lustig findet …« Ethan schüttelte den Kopf. »Jedenfalls ist mir Todd egal. Komm, wir müssen heim.«

Ein paar Tage nachdem Hannah weggefahren war,

schneite es und der Wind war so stürmisch, dass wir den ganzen Tag drinnen blieben und vor den Heizkörpern hockten. In der Nacht schlief ich *unter* Ethans Bettdecke.

Am nächsten Morgen hörte es auf zu schneien, und Ethan und ich gingen raus und buddelten stundenlang in der Einfahrt herum, er mit der Schaufel, ich mit den Pfoten.

Direkt nach dem Abendessen kam der Mond heraus und schien so hell, dass ich fast so gut sehen konnte wie tagsüber. Als ich in den Garten hinausging, roch die Luft aromatisch nach dem Rauch aus vielen Kaminen.

Ethan machte die Tür zu und ging rein. Gedämpft hörte ich, wie er Mom zurief: »Ich bin kaputt von der Schaufelei, ich geh ins Bett. Lass Bailey rein, okay?«

Moms Antwort hörte ich nicht, denn ich hatte etwas Interessantes am Zaun entdeckt.

Eine Schneewehe hatte sich vor dem Zaun zu einem Hügel aufgetürmt. Auf den Hügel zu klettern war nicht schwer, und von oben war es nur ein kleiner Hopser, und ich landete sicher auf der anderen Seite.

Zeit für ein nächtliches Abenteuer!

18

Zuerst ging ich zu Chelseas Haus, um Duchess zu besuchen, aber ich fand keine Spur von ihr außer einem gelben Fleck im Schnee neben der Vordertür. Ich hob mein Bein an derselben Stelle, damit sie wusste, dass ich an sie dachte.

Wenn ich unseren Garten verließ, strolchte ich normalerweise am Bach entlang – außer ich entdeckte dort Todd. Aber weil so viel Schnee gefallen war, musste ich auf den geräumten Wegen bleiben. Manche Leute hatten schon ihre Drinnenbäume nach draußen geschleppt. Bei uns aber stand der Baum noch im Fenster zur Straße, strahlend im Lichterglanz und mit glitzerndem Schmuck als Beute für Felix behangen. Wenn ich auf einen der ausgemusterten Bäume stieß, markierte ich ihn mit meinem Duft. Und dann roch ich auch schon den nächsten ein Stück die Straße runter, deshalb war ich länger unterwegs als je zuvor.

Wenn ich nicht so weit gelaufen wäre, wenn ich nur ein bisschen eher kehrtgemacht hätte, wäre ich vielleicht rechtzeitig da gewesen, um zu verhindern, was als Nächstes geschah.

Schließlich bog ein Auto aus einer Einfahrt auf die Straße und blendete mich mit seinen Scheinwerfern. Als es an mir vorbeizockelte, erinnerte mich der Geruch an Moms Auto, wenn sie und Ethan herumfuhren und mich suchten. Ich fühlte mich schuldig, weil ich so weit weg von ihnen war, also trottete ich nach Hause.

An der Einfahrt angelangt, die Ethan und ich am Morgen geräumt hatten, blieb ich stehen. Meine Augen und meine Nase bemerkten gleichzeitig mehrere Dinge, die ganz falsch waren.

Die Haustür stand offen, und heraus wehte ein warmer, anheimelnder Duft. Aber darüber legte sich ein anderer Geruch – ein chemischer, stechender Geruch, zugleich unangenehm und vertraut. Ich hatte ihn in der Garage schon öfter wahrgenommen und auf den Autofahrten, die ich mit dem Jungen machte. Benzin.

Der Geruch war so stark, dass er den des Menschen überdeckte, der rückwärts aus der offenen Tür trat. Ich konnte mich nur auf meine Augen verlassen, und im Mondlicht sah die Gestalt so aus wie mein Junge. Ich trabte näher heran, und in diesem Augenblick drehte sich der Junge um und schüttete noch mehr Benzin aus einem Kanister auf die Büsche neben der Haustür.

Ich blieb stehen. Jetzt war ich ihm so nah, dass ich seinen Geruch aufschnappte. Todd.

Er hatte mich noch nicht gesehen. Meine Rücken- und Nackenhaare sträubten sich, während er drei Schritte rückwärts machte und zerknülltes Papier aus der Tasche zog. Aus einer anderen Tasche holte er Streichhölzer. Ich hörte ein leises kratzendes Geräusch und sah in Todds Hand eine Flamme züngeln, deren flackerndes Licht auf seine versteinerte Miene fiel.

Er warf das brennende Papier ins Gebüsch, wo eine blaue Flamme aufloderte und ein leises *Wuuusch* in die stille Nachtluft sandte.

Todd wandte sich nicht um. Er stand da und beobachtete das Feuer. Ich bellte nicht, ich knurrte nicht einmal. Ich rannte einfach in stiller Wut den Bürgersteig entlang.

Mir war klar, dass brave Hunde niemanden anspringen. Brave Hunde schmeißen niemanden um. Brave Hunde beißen nicht.

Aber das war jetzt alles nebensächlich. Irgendwie wusste ich, dass Todd etwas Schlimmes anstellte. Er wollte dem Jungen und meiner Familie weh tun. Das sagte mir die Hitze und das Knacken des Feuers, der verkohlte Geruch nach Gefahr, die düstere Freude, die in Todd aufstieg, als er das brennende Haus betrachtete.

Meine Aufgabe war es, den Jungen immer zu begleiten, mit dem Jungen zu spielen, den Jungen zu trösten. Aber noch wichtiger war es, auf den Jungen aufzupassen. Das hatte ich im Wald getan. Und jetzt würde ich es wieder tun.

Ich sprang Todd an, als wäre mir ein Rudel auf den Fersen, und warf mich mit meinem ganzen Gewicht auf ihn, so dass er der Länge nach in den Schnee fiel.

Todd schrie und strampelte unter mir, er wand sich und rollte herum. Er trat mir ins Gesicht. Ich packte seinen Fuß, hielt ihn fest, biss kräftig zu und ließ auch dann nicht los, als Todd schrie. Seine Hose riss, und plötzlich hatte ich nur noch seinen Schuh im Maul. Ich ließ ihn fallen und schnappte nochmals nach Todds Fuß.

Mit einem Aufschrei schlug Todd mit den Fäusten auf mich ein, aber ich umklammerte seinen Knöchel mit den Zähnen und schüttelte ihn, als wäre er meine Beute. Ich hatte noch nie jemanden gebissen, nicht so, aber ich ließ nicht locker.

Dann drang ein schriller, durchdringender Laut durch die Nacht. Ich riss den Kopf herum, um zu sehen, was für neue Gefahren drohten. Der Drinnenbaum brannte lichterloh. Dicke Rauchschwaden wallten aus der offenen Haustür.

Todd strampelte seinen Fuß frei, und ich wich kopfschüttelnd zurück. Der Lärm tat mir in den Ohren weh,

und ich wollte weglaufen – aber was war mit meinem Jungen?

Mühsam stand Todd auf und humpelte davon, so schnell er konnte. Ich ließ ihn gehen, denn plötzlich war meine Sorge größer als meine Wut. Laut bellend verstärkte ich den Lärm und rannte zwischen der Haustür und der Einfahrt hin und her. Dann drehte ich mich um meine Achse und hastete hinter das Haus, aber die Schneewehe, von der aus ich über den Zaun gesprungen war, befand sich auf der falschen Seite. Ich kam nicht drüber. Also konnte ich nichts tun, außer noch lauter zu bellen als je zuvor.

Während ich da stand und so viel Lärm wie möglich machte, ging die Hintertür auf. Inmitten einer Wolke aus schwarzem Rauch kamen Mom und Dad heraus, sie husteten und stützten sich gegenseitig.

Mom wirbelte herum und starrte in die offene Tür. »Ethan!«, schrie sie.

Dad zog Mom zum Gartentor, wo ich zu ihnen stieß. Sie schoben das Tor gegen den Schnee auf und stolperten an mir vorbei zur Vorderseite des Hauses. Dort blieben sie stehen und schauten zu dem dunklen Fenster von Ethans Zimmer hinauf.

»Ethan!«, riefen sie. »Ethan!«

Jetzt eilte ich durchs Gartentor zur offenen Hintertür. Kater Felix hatte sich auf der Terrasse unter einer Bank verkrochen. Er jaulte mich an, aber ich beachtete ihn nicht, sondern rannte ins Haus.

Die Hitze hüllte mich ein und nahm mir den Atem. Rauch drang mir in die Augen und in die Nase. Blind und meines Geruchssinns beraubt taumelte ich auf die Treppe zu, aber es war schwer zu sagen, in welche Richtung ich musste.

Das Krachen der Flammen ringsum war so laut wie der Wind, wenn wir mit offenem Fenster Auto fuhren. Ich stieß mit der Nase gegen etwas. Ein Sessel? Eine Wand? Keine Ahnung. Ich fand die Treppe einfach nicht! Ich fand meinen Jungen nicht!

Verzweifelt nach Luft schnappend, spürte ich, dass es durch die Tür hinter mir kühl hereinwehte, und rannte hinaus. Draußen linderte die frische Nachtluft das Stechen in meinen Augen und das Brennen in meiner Nase.

Mom und Dad schrien immer noch. In der ganzen Straße und auch im Haus nebenan waren die Fenster nun hell erleuchtet. Ich sah, wie einer unserer Nachbarn in sein Telefon sprach.

»Ethan!«, brüllten Mom und Dad. »Ethan!«

Ich roch ihre Angst. Niemals, nicht einmal als Ethan und ich uns im Wald verliefen, hatte ich ein so starkes Gefühl gespürt. Mom schluchzte, Dads Stimme wurde lauter und nervöser, und als ich zu dem ganzen Lärm auch noch bellte wie wild, verlangte niemand, ich solle damit aufhören.

Da drang das ferne Heulen einer Sirene an mein Ohr. Jedes andere Geräusch wirkte schwach neben dem Brüllen des Feuers, das so tief und laut war, dass ich es als Zittern im ganzen Körper spürte. Der Schnee im Garten begann zu schmelzen, zischelnd stiegen Dampfwolken auf.

»Ethan! Bitte!«, rief Dad, und nun schluchzte auch er.

In diesem Moment krachte etwas durch Ethans Fenster, so dass Scherben in den Garten flogen. Es landete mit einem Plumps in einem Haufen aus Schneematsch. Der Flip!

Ich rannte hin und hob ihn auf. Das sollte ich doch tun, oder? Ich würde Ethan zeigen, dass ich den Flip hatte. Er würde sich freuen.

In dem Loch, das der Flip in die Scheibe geschlagen hatte, erschien Ethans Kopf. Schwarzer Rauch qualmte heraus.

»Mom!«, schrie er, von einem Hustenanfall geschüttelt.

»Du musst da raus, Ethan!«, brüllte Dad.

»Ich kriege das Fenster nicht auf. Es klemmt!«

»Spring einfach!«, antwortete Dad.

»Du musst springen, Schatz!«, rief Mom.

Der Kopf des Jungen verschwand wieder.

»Der Rauch bringt ihn noch um. Was macht er nur?«, fragte Dad und starrte wie gebannt zu Ethans Fenster hinauf.

Ich rannte zu ihm. Mit dem Flip im Maul konnte ich nicht mehr bellen, obwohl ich es gern getan hätte. Ich wollte so viel Lärm wie möglich machen, im Garten herumrennen, irgendetwas anfangen mit der Energie, die sich in mir anstaute – ein schreckliches Gefühl. Aber ich tat es nicht. Zitternd lehnte ich mich an Dads Bein und wartete darauf, dass der Junge wieder auftauchte.

»Ethan!«, kreischte Mom.

Da zertrümmerte der Schreibtischstuhl des Jungen die Überreste der Fensterscheibe. Eine Minute später kletterte der Junge heraus. Aber irgendetwas – ein Fuß, ein Knie vielleicht? – blieb an dem zersplitterten Fensterrahmen hängen. Und statt über die schwelenden Büsche hinweg in den Garten zu springen, plumpste Ethan mitten hinein.

Ich ließ den Flip fallen und bellte wie verrückt. Mom und Dad hasteten zu Ethan, zerrten ihn ins feuchte Gras und drehten ihn auf den Rücken. Er hatte die Augen geschlossen.

»Alles in Ordnung, mein Junge? Alles in Ordnung?«, fragte Dad.

»Mein Bein«, keuchte Ethan und hustete dabei.

Ich packte den Flip und war mit einem Sprung bei ihm. Mein Junge roch nach Feuer, Blut und Angst.

»Geh weg, Bailey«, befahl Dad.

Der Junge schlug die Augen auf, grinste mich an und streckte seine zitternde Hand aus. »Nein, ist schon okay. Braver Hund, Bailey. Du hast den Flip gefangen. Braver Hund.«

19

Am liebsten hätte ich mich auf Ethan geworfen, aber ich ahnte, dass ich ihn nicht anrühren sollte. Stattdessen ließ ich den Flip vorsichtig neben ihm fallen. Dann legte ich mich im nassen Gras ab und kroch vorwärts, bis meine Nase sein Gesicht streifte.

Autos und Lastwagen kamen, Lichter flackerten rot und blau. Männer liefen zum Haus und bespritzten es aus großen Schläuchen. Andere brachten ein Bett auf Rädern und hoben den Jungen behutsam hinein. Dann schoben sie das Bett zu einem Kleinbus.

Ich trabte neben dem Bett her, und als die Männer zwei Türen hinten an dem Bus öffneten und das Bett hineinwuchteten, wollte ich hinterher. Aber einer der Männer schubste mich weg. »Nein, tut mir leid«, sagte er.

Ungläubig schaute ich ihn an und winselte ein wenig. Kaum hatte ich meinen Jungen wieder, wollten sie ihn mir wegnehmen?

»Bleib, Bailey. Ist schon gut«, sagte der Junge aus dem Bus heraus.

Was *Bleib* heißt, wusste ich nur zu gut. Dieses Kommando mochte ich am wenigsten! Ich wand mich und winselte lauter, als auch Mom zu Ethan in den Bus stieg. »Ist gut, Bailey«, sagte sie und fasste jemanden aus der Menge ins Auge. »Laura? Könntest du auf Bailey aufpassen?«

»Gerne«, sagte eine Frau, und eine Hand fasste mein Halsband. Am Geruch erkannte ich, dass es Chelseas Mom war. Sie war ziemlich nett, aber sie war nicht mein Junge. Trotz des eindeutigen Kommandos, zerrte ich ein wenig.

Dad stieg auch mit ein, und die Türen schlossen sich. Der Bus fuhr weg.

Verwundert schaute ich ihm nach und bellte einmal voller Trauer. Es war doch meine Aufgabe, auf den Jungen aufzupassen! Wie sollte ich das jetzt anstellen? Warum kapierten die Leute das nicht?

Chelseas Mom ließ mich nicht los. »Aus, Bailey. Es wird alles gut«, flüsterte sie. »Es passiert ihnen nichts.« Aber ich hörte die Tränen in ihrer Stimme, und ich war nicht beruhigt.

Sie nahm mich beiseite und hielt mich fest, während die Männer mit den Schläuchen weiter spritzten, bis das Feuer erlosch. Zurück blieb ein beißender Geruch nach Asche und Rauch.

»Das war Brandstiftung, kein Zweifel«, meinte ein Mann mit einer flachen Mütze auf dem Kopf.

Er sprach mit einer Frau, die gerade in einem Auto angekommen war und eine Pistole am Gürtel trug. Ich wusste, dass man Menschen, die so aussahen, Polizei nennt.

»Da hat eindeutig jemand Feuer gelegt«, fuhr der Mann fort. »Die Büsche, der Baum, alles ist gleichzeitig in Flammen aufgegangen. Ein Glück, dass die Familie mit dem Leben davongekommen ist.«

»Lieutenant, schauen Sie sich das an!«, rief ein anderer Polizist.

Chelseas Mom trat näher, um zu sehen, was sie entdeckt hatten. Es war Todds Schuh. Schuldbewusst schaute ich weg.

»Sieht aus, als wäre Blut dran«, sagte der Mann, der mit einer Taschenlampe auf den Schuh und den Schnee ringsum leuchtete.

»Der Junge hat bei dem Sprung aus dem Fenster schwere Schnittwunden abbekommen«, sagte jemand anders.

»Ja, aber das war dort drüben. Nicht hier. Hier sind nur Spuren von einem Hund und dieser Schuh.«

Das Wort *Hund* kannte ich. Würde gleich das Wort *böse* folgen? Ich sank neben Chelseas Mom auf den matschigen Boden. Vielleicht würde mich niemand bemerken, wenn ich mich ganz klein machte.

Die Frau mit der Pistole nahm die Taschenlampe und richtete sie auf den Schuh. »Tja, wer weiß?«, sagte sie. »Okay. Ihr beiden seht nach, wohin die Blutspur führt. Sergeant?«

»Ja, Madam?«, sagte ein Mann und trat näher.

»Sperren Sie die Straße für den Verkehr, und bitten Sie die Leute, den Platz zu räumen.«

Chelseas Mom streichelte meinen Kopf. »Was hast du, Bailey? Geht es dir gut?«, fragte sie.

Ich wedelte ein wenig mit dem Schwanz. Noch schimpfte niemand mit mir, aber vielleicht kam das ja noch.

Chelseas Mom erstarrte. Sie hielt die Hand, mit der sie mich gestreichelt hatte, in die Höhe.

»Madam, wohnen Sie hier?«, fragte der Lieutenant sie.

»Nein, ich bin eine Nachbarin.«

»Haben Sie heute Abend hier irgendjemanden gesehen?«

»Nein, ich habe geschlafen.«

»Gut. Dürfte ich Sie dann bitten, zu den anderen dort drüben zu gehen? Oder wenn Ihnen kalt ist, geben Sie uns bitte Ihre Adresse und Telefonnummer, dann können Sie nach Hause.«

»Ja, aber …«, sagte Chelseas Mom.

»Ja?«

»Könnte sich jemand Bailey ansehen? Den Hund, ich glaube, er blutet.«

Wieder wedelte ich mit dem Schwanz, diesmal hoffnungsvoller. Im Moment interessierte sich keiner für Todds Schuh. Vielleicht war gar niemand böse auf mich?

Die Polizistin beugte sich über mich. »Bist du verletzt, mein Guter? Wie hast du dir weh getan?«, fragte sie. Sie richtete die Taschenlampe auf mich und ließ behutsam die Hand über das Fell an meiner Kehle und an meinem Hals gleiten.

Ich leckte ihr das Kinn ab. Ich mochte sie.

Sie lachte, aber dann wurde sie ernst. »Ich glaube nicht, dass es sein Blut ist. Madam, wir müssten den Hund eine Weile dabehalten. Ist das in Ordnung?«

Ich wurde zu einem der Autos geführt, wo ein Mann mit einer Schere etwas von meinem Fell abschnitt und es in eine Plastiktüte legte. »Wetten wir, dass es dieselbe Blutgruppe ist wie auf dem Schuh? Ich würde sagen, unser Freund auf vier Pfoten hat heute Nacht Wache geschoben und jemanden dabei ertappt, wie er Feuer gelegt hat«, erklärte die Frau dem Mann mit der Schere. Sie streichelte meinen Rücken, und ich hörte die Anerkennung in ihrer Stimme.

Ich wedelte vor Freude mit dem Schwanz, reckte ihn in die Höhe und spitzte die Ohren. Zwar machte ich mir immer noch Sorgen um meinen Jungen, aber wenigstens meinte niemand, ich wäre ein böser Hund.

»Lieutenant«, sagte ein anderer Mann, der auf uns zukam. »Wir haben die Blutspur verfolgt. Sie führt zum vierten Haus die Straße runter. Er ist direkt dorthin gegangen und durch einen Seiteneingang rein.«

»Ich bin sicher, das reicht für einen Durchsuchungsbefehl«, sagte die Frau und nickte. »Und ich wette, dass jemand in dem Haus dort Bissspuren am Bein hat.«

Die nächsten Tage wohnte ich bei Chelsea. Duchess wollte die ganze Zeit spielen, aber ich war nicht dazu aufgelegt. Ich vermisste den Jungen. Hatte er sich wieder verlaufen? War er in Gefahr? Wie sollte ich ihm helfen, wenn ich nicht wusste, wo er steckte? Ruhelos wanderte ich im Haus herum.

Am zweiten Tag kam Mom vorbei. Ich rannte zur Tür, um sie zu begrüßen, und beschnupperte sie gründlich. Ich roch Ethan an ihren Kleidern, da ging es mir schon besser. Aber ich bemerkte auch Sorge und Müdigkeit und einen seltsamen, scharfen Geruch, der meine Nase reizte, so dass ich den Kopf schütteln musste.

Trotzdem machte mich der Geruch des Jungen fröhlich, also spielte ich mit Duchess ihr Lieblingsspiel, Tauziehen mit Socken, während Mom sich setzte und mit Chelseas Mom redete.

»Was hat der Junge da nur angestellt? Warum hat er euer Haus in Brand gesteckt? Ihr hättet alle sterben können«, sagte Chelseas Mom kopfschüttelnd.

»Ich weiß es nicht.« Auch Mom schüttelte den Kopf. »Todd und Ethan waren doch Freunde.«

Als Ethans Name fiel, horchte ich auf. Duchess nutzte ihre Chance und riss mir die Socke aus dem Maul.

»Steht denn schon fest, dass es Todd war?«

»Er hat beim Verhör auf dem Polizeirevier gestanden.«

»Hat er erklärt, warum er es getan hat?«

Duchess hielt mir aufreizend die Socke vor die Nase, damit ich wieder danach schnappte.

»Er sagt, er wüsste nicht, warum er es getan hat.« Mom umfasste ihre Kaffeetasse mit beiden Händen, fast als würde sie das trösten.

»Ich habe mir ja immer schon gedacht, dass der Junge seltsam ist. Weißt du noch, wie er Chelsea ohne Grund ins Gebüsch geschubst hat?«

»Nein. Das habe ich nicht mitbekommen. Er hat sie geschubst?«

Mit einem Überraschungsangriff packte ich das baumelnde Ende der Socke. Duchess stemmte die Pfoten in den Teppich und knurrte. Ich zerrte sie im Zimmer herum, aber sie ließ nicht locker.

»Bailey ist jetzt ein Held. Todds Bein musste mit acht Stichen genäht werden«, sagte Mom.

Als ich meinen Namen hörte, blieb ich wie angewurzelt stehen. Duchess genauso. Die Socke hing schlaff herunter. Worüber redeten die Menschen da? Womöglich über Hundekekse?

»Sie wollen sein Foto in der Zeitung bringen«, berichtete Mom.

»Nur gut, dass ich Bailey gebadet habe«, sagte Chelseas Mom.

Darüber sprachen sie also? Übers Baden? Bloß nicht schon wieder! Ich hatte doch gerade erst gebadet! Ich spuckte die Socke aus. Duchess schüttelte sie vergnügt und hüpfte wie die große Siegerin im Zimmer herum.

»Wie geht es Ethan?«, fragte Chelseas Mom.

Mom stellte ihre Kaffeetasse ab. Als ich den Namen des Jungen hörte und die Sorge und Trauer spürte, die Mom plötzlich ausstrahlte, lief ich zu ihr. Ich legte meinen Kopf auf ihren Schoß, und sie kraulte meine Ohren. Auf die Frage antwortete sie nicht.

20

Ungefähr eine Woche später kam Mom und holte mich ab. Sie nahm mich im Auto an einen neuen Ort mit, der *die Wohnung* hieß. Es war ein kleines Haus, das in ein großes Gebäude hineingebaut war. Überall gab es Hunde. Die meisten waren ziemlich klein, aber trotzdem nicht uninteressant. Nachmittags führte mich Mom in einen großen asphaltierten Garten, wo ich die anderen Hunde traf. Sie saß auf einer Bank und redete mit Leuten, während ich herumrannte, Freunde kennenlernte und mein Revier markierte.

Die Wohnung gefiel mir nicht besonders. Sie war klein und roch nicht wie daheim. Und schlimmer noch, der Junge war nicht da. Felix, der Kater, allerdings schon, was die Sache nicht unbedingt besser machte.

Dad und Mom gingen oft weg, und wenn sie wiederkamen, rochen sie nach Ethan, aber er wohnte nicht mehr bei uns – aß nicht am Tisch, lag nicht auf der Couch und schlief in keinem der Betten. Normalerweise gab mir Ethan mein Abendessen, jetzt musste Mom das machen.

Vor dem Feuer war das der schönste Teil des Tages gewesen, aber jetzt hatte ich nicht mehr so viel Hunger wie früher. Manchmal ließ ich sogar ein bisschen Futter übrig.

In der fremden Wohnung tat mir das Herz weh, weil der Junge nicht da war. Vor allem nachts wanderte ich von einem Zimmer ins andere. Ohne Ethan wollte ich in keinem Bett schlafen.

Als ich eines Nachts so umherwanderte, steckte ich meine Nase in einen Schrank und entdeckte darin mehrere Schachteln. In einer davon erschnüffelte ich etwas Vertrautes. Also packte ich sie mit den Zähnen an einer Ecke, zerrte sie heraus und sah sie mir genauer an.

Der Flip! Diesen Geruch hätte ich unter tausend anderen erkannt. Ich holte ihn heraus und trug ihn bei meiner Wanderung mit mir herum. Ich mochte den Geschmack und das Gewicht in meinem Mund nicht besonders, aber ich tat es für Ethan. Wenn er zurückkam, würde er sehen, dass ich auf ihn gewartet hatte.

Ein paar Tage später lag ich neben der Couch. Ich war schläfrig, weil ich den Flip die ganze Nacht in der Wohnung herumgeschleppt hatte. Felix hatte sich an mich gekuschelt, um ein Nickerchen zu machen, und ich spürte sein Schnurren an meinen Rippen – für so ein kleines Ding machte er einen Riesenlärm. Seit wir in der Wohnung wohnten, schien Felix zu glauben, ich wäre seine Mutter. Es war peinlich, aber ich hatte es aufgegeben, ihn wegzuschieben. Von einer Katze kann man einfach nicht erwarten, dass sie sich benimmt, als hätte sie Grips.

Ich spitzte die Ohren, als ich Moms Auto draußen hörte. Sofort sprang ich auf. Felix blinzelte mich verdutzt an und gähnte, während ich zum Fenster lief und die Vorderpfoten aufs Fensterbrett stellte.

Mein Herz pochte so heftig, als wäre ich in dem großen Garten herumgerannt. Es war nicht nur Mom, die aus dem Auto stieg. Der Junge! Ethan war bei ihr!

Ich konnte nicht anders. Ich bellte und wirbelte herum, raste zur Tür, weil ich raus zu Ethan wollte, dann wieder zurück zum Fenster, um nach ihm zu schauen. Panisch verzog sich Felix unter die Couch.

Als der Schlüsselbund am Schloss klimperte, war ich schon wieder an der Tür und zitterte wie Espenlaub. Mom machte die Tür einen Spalt auf. Ethans Geruch wehte herein. Ich bellte eifrig. Mein Junge! Endlich!

»Vorsicht, Bailey, zurück. Platz, Bailey, Platz und bleib. Sitz.«

Tja, also, das ging einfach nicht. Mein Hinterteil berührte kurz den Boden, dann sprang ich wieder auf und wedelte heftig mit dem Schwanz. Mom streckte die Hand zur Tür herein, erwischte mich am Halsband und schob mich weg. Gleichzeitig ging die Tür weit auf.

»Hey, Bailey, hey, Kumpel«, sagte Ethan.

Mom hielt mich fest, als Ethan hereinhumpelte. Er stützte sich auf zwei Stöcke – später erfuhr ich, dass sie Krücken heißen. Unbeholfen bewegte er sich auf die Couch zu, während ich herumtänzelte und winselnd am Halsband zerrte. Warum ließ Mom mich nicht los? Warum hielt sie mich von meinem Jungen fern? Wusste sie nicht, wie lange ich auf ihn gewartet hatte?

Endlich ließ sie mein Halsband los, und ich landete mit einem Satz quer durchs Zimmer auf Ethans Schoß und küsste sein Gesicht.

»Bailey!«, rief Mom streng.

»Nein, ist schon gut. Bailey, du bist so ein dödeliger Hund«, sagte der Junge und grinste, so dass man ihm die Schmerzen und die Erschöpfung nicht mehr so ansah. »Wie geht's dir denn so? Ich hab dich auch vermisst, Bailey.«

Immer wenn er meinen Namen sagte, bebte ich vor Glück. Und das Gefühl, wie seine Hände durch mein Fell fuhren, war einfach himmlisch.

Der Junge war wieder da!

Aber in den nächsten Tagen begriff ich, dass, obwohl Ethan wieder bei uns wohnte, noch längst nicht alles in

Ordnung war. Daran, wie er dastand und herumging und wie seine Stimme klang, erkannte ich, dass er Schmerzen hatte. Es war nicht nur sein Bein, das weh tat. Ihn umgab eine tiefe Traurigkeit, und manchmal, wenn er einfach nur dasaß und aus dem Fenster sah, flammte eine düstere Wut in ihm auf.

Ein paar Tage nach Ethans Heimkehr klopfte es an der Tür, und als Mom aufmachte, war die Wohnung plötzlich voller Jungs.

»Hi, Bailey! Hey, Bailey!«, riefen sie.

Ich erkannte ihren Geruch. Es waren die Jungs, die früher mit Ethan auf der großen Wiese hin und her gerannt waren und den Football geworfen hatten.

Den halben Tag lang lachten die Jungs und redeten und riefen und standen herum. Mom brachte aus der Küche etwas zu essen, und ich bekam eine Menge ab, was mich freute. Auch Ethan schien sich zu freuen. Aber kaum waren die Jungs fort, war auch von seinem Glück nichts mehr zu spüren.

Ethan stand mit Hilfe seiner Krücken auf und humpelte in das Zimmer, in dem unser neues Bett stand. Er setzte sich und sah aus dem Fenster. Ich ging mit, sprang auch aufs Bett und schaute hinaus. Draußen sah ich die Jungs, die gerade das Gebäude verließen. Sie drängelten und schubsten einander, und einer zog einen Ball aus der

Tasche. Ein anderer rannte den Gehweg entlang und fing ganz locker den Ball, den der erste so fest geworfen hatte, wie er konnte.

Ich spürte, wie Trauer und Wut und Hilflosigkeit in Ethan aufwallten. Obwohl ich meinen Kopf unter seinen Arm schob, kam er nicht einmal auf die Idee, mich zu streicheln.

Irgendwie fühlte es sich so an, als hätten wir uns wieder draußen im Wald verlaufen, ohne eine Menschenseele weit und breit. Damals hatte ich gewusst, was ich tun musste. Ich hatte den Jungen warm gehalten und dafür gesorgt, dass er weiterging. Ich hatte nicht zugelassen, dass er aufgab.

Wie sollte ich das jetzt anstellen?

Mir fiel nur eine Sache ein. Ich sprang vom Bett und suchte alle Ecken und Winkel der Wohnung ab, bis ich fand, was ich suchte. Rasch lief ich zurück zu Ethan und legte ihm den Flip in den Schoß.

Er schaute ihn an und schüttelte den Kopf. Ich sprang neben ihn aufs Bett, ließ mich fallen und winselte leise. Diesmal hob er die Hand und kraulte mich hinter den Ohren, aber ich merkte, dass er immer noch nicht glücklich war.

»Der Traum meines Lebens ist kaputt, Bailey. Wegen Todd«, erklärte mir Ethan.

Ich verstand zwar nicht, was er sagte, aber ich hörte die Verzweiflung in seiner Stimme.

»Es geht nicht nur um Football«, sagte er.

Ich wedelte ein klein wenig mit der Schwanzspitze. Das Wort kannte ich. Würden wir jetzt wieder auf die große Wiese gehen? Es sah nicht danach aus. Ethan rührte sich nicht vom Fleck.

»Ich kann jetzt nichts mehr machen«, sagte er. »Weder Sport noch Rad fahren. Nicht einmal mehr rennen. Ich kann gehen. So einigermaßen.« Seine Hand in meinem Fell verkrampfte sich. »Wegen Todd«, wiederholte er. »Mir ist nichts geblieben. Wegen Todd.«

Allmählich wurden die Tage wärmer, und an den Bäumen wuchsen winzige Blätter. Ethan brauchte seine Krücken nicht mehr. Beim Gehen benutzte er jetzt einen polierten Stab, den sogenannten *Stock*. Der Stock war etwas Besonderes, und es musste mir niemand sagen, dass ich nicht darauf herumkauen durfte. Nicht einmal ein bisschen.

Dann kam ein Tag, an dem alles Mögliche eingepackt und nach draußen zum Auto geschleppt wurde, und schließlich fuhren wir alle zu unserem alten Zuhause. Alles sah aus wie früher. Aber es roch anders, nämlich nach frischem Holz und Farbe und Tapeten. Unter Einsatz meiner Nase erforschte ich jeden Raum ganz genau, dann stürmte ich durch die Hundeklappe ins Freie und bellte voller Freude. Duchess antwortete mir von ihrem Garten aus. Endlich daheim!

Ethan ging wieder jeden Morgen zur Schule, so wie früher, aber ich wusste, dass er unglücklich war. Wenn er heimkam, war er müde und sein Bein tat weh. Das erkannte ich daran, wie schwer er sich auf seinen Stock stützte. Er zog sich in sein Zimmer zurück und legte sich aufs Bett. Manchmal kam er nicht einmal zum Abendessen.

Mom und Dad saßen dann am Tisch und unterhielten sich leise. In jedem zweiten Satz kam *Ethan* vor.

Nachdem wir wieder daheim waren, dauerte es nicht lange, und Mom weckte Ethan frühmorgens auf, und wir quetschten uns alle ins Auto. Als wir diesmal ausstiegen, waren wir auf der Farm!

Ich rannte herum und erforschte die vertrauten Gerüche – Flare im Stall, Omas Kocherei in der Küche, der wunderbare Waldduft nach Erde und Laub und Pilzen und Eichhörnchen und Kaninchen und, aus der Ferne, Stinktier.

Glücklich schwanzwedelnd rannte ich wieder aus dem Wald heraus und stellte fest, dass sich die Familie auf der Veranda versammelt hatte.

»Willst du nicht Hannah Bescheid sagen, dass du hier bist?«, fragte Oma.

Ich spitzte die Ohren. Hannah? Das Mädchen?

»So will sie mich bestimmt nicht sehen«, antwortete Ethan, den Blick in die Ferne gerichtet.

»Ethan!« Oma machte ein schockiertes Gesicht. Sie und Mom tauschten einen Blick.

»Sagt ihr bloß nicht, dass ich hier bin«, bat Ethan. »Ich will nicht, dass es jemand erfährt.«

»Schatz, denk noch mal drüber nach«, redete Mom ihm gut zu.

»Mom, bitte sag es ihr nicht!« Auf seinen Stock gestützt, stampfte Ethan hinüber zum Wintergarten. »Mein Bein tut weh. Ich werde mich ein bisschen hinlegen.«

Eine Weile blieb ich bei dem Jungen liegen, weil es meine Aufgabe war, aber es fiel mir schwer. All die wunderbaren Farmgerüche strömten durch die großen Fenster des Wintergartens herein. Meine Füße und mein Schwanz zuckten. Schließlich hielt ich es nicht mehr aus. Ich sprang auf, lief zur Glastür und warf einen Blick über die Schulter, um zu sehen, ob der Junge mitkam.

»Fein, Bailey.« Mühsam stand der Junge auf und öffnete mir die Tür. »Lauf«, sagte er. »Wenigstens kann einer von uns rennen.«

Vergnügt jagte ich über die Weide und probierte von

einem der braunen Haufen, die Flare dort hinterlassen hatte – das Zeug schmeckte immer noch nicht besonders. Dann ging's weiter in den Wald, wo ich ein vorzügliches Stöckchen fand. Ich ließ mich damit am Zaun nieder und kaute darauf herum. Als ich das Stöckchen zu Kleinholz verarbeitet hatte, nahm ich den Weg zurück zum Haus, zögerte aber dann. Mir fielen die Spaziergänge ein, die Ethan und ich früher gemacht hatten, und ich duckte mich unter dem Zaun durch und lief die Straße entlang.

Diese Richtung hatten wir früher immer eingeschlagen, bevor Ethan allein Auto fahren durfte, bevor wir so oft auf das Football-Feld gegangen waren, bevor Todd das Feuer gelegt hatte. Ich trabte so dahin und hielt die Nase in den Wind. Als ich einen Briefkasten erreichte, der am Ende einer gewundenen Auffahrt stand, witterte ich einen vertrauten Geruch.

Den Pfosten, auf dem der Briefkasten thronte, untersuchte ich eingehend, nur für den Fall, dass andere Hunde vor mir hier gewesen waren. Ein paar hatten tatsächlich ihre Duftmarke hinterlassen. Ich hob das Bein und teilte ihnen mit, dass auch ich hier gewesen war.

Während ich das tat, trat eine Gestalt auf die Veranda. »Bailey?«, rief eine Stimme. »Bailey, bist du das?«

Das war sie! Das Mädchen! Ich flitzte die Auffahrt hinauf, um mir die Ohren kraulen zu lassen.

»Du bist da?«, fragte sie. »Dann ist Ethan …?«

Sie stand regungslos da und schaute die Straße hinauf, die zur Farm führte. Ich stupste ihre Hand an, damit sie mich weiter kraulte. Dann machte ich mich wieder auf den Heimweg. Ich war schon zu lange weg.

»Bailey, warte!«, rief Hannah, und sie rannte hinter mir her die Auffahrt hinunter.

Es ist immer schön, wenn man auf einem Spaziergang Gesellschaft hat. Hannah blieb an meiner Seite, bis wir die Farm erreichten. Ich wollte schon zum Haus laufen, als ich Ethan entdeckte, der ganz allein auf dem Steg am Weiher saß. Sein Stock lag neben ihm.

Ich rannte zu ihm und leckte ihm den Nacken. Verblüfft fuhr er zusammen.

»Wo hast du so lange gesteckt, Bailey?«, fragte er. »Wohin bist du gegangen?«

Hannah betrat den Steg.

Ethan muss ihre Schritte gehört und gespürt haben, wie sich die alten Planken unter ihrem Gewicht bewegten. Unbeholfen und unter Schmerzen stand er auf. Dabei stützte er sich auf seinen Stock.

Hannah blieb stehen.

Ich fand es erstaunlich, dass sich die beiden nicht umarmten, wie sie es sonst immer so gern taten. Sie redeten auch nicht. Sie schauten einander nur an.

Ich setzte mich, um zu beobachten, was als Nächstes passieren würde. Man konnte ja nie ausschließen, dass von irgendwoher Hundekekse auftauchten.

»Na«, sagte Hannah. »Küsst du mich jetzt, oder was ist los?«

Ethan ließ seinen Stock fallen.

Ich klopfte mit dem Schwanz auf den Steg, als sie sich umarmten und gar nicht mehr losließen. Also mochten sie das Spiel immer noch.

»Ich fasse es einfach nicht. Du hast mir nicht einmal Bescheid gesagt, dass du hier bist«, sagte Hannah, das Gesicht an Ethans Schulter gelehnt. »Bailey musste kommen und mich holen!«

Ethan schaute mich an. Er fing an zu grinsen. Es war Monate her, seit ich so ein Grinsen auf seinem Gesicht gesehen hatte.

Dann sprang er ins Wasser.

Hannah quietschte verdutzt. Ich raste zum Ende des Stegs und sah hinunter. Das Wasser spritzte, Blasen stiegen auf. Endlich – endlich! – wusste ich, was zu tun war.

Ich sprang hinter meinem Jungen her in den Weiher.

In kürzester Zeit hatte ich seinen Hemdkragen im Maul. Ich zog Ethan nach oben, und wir tauchten auf. Hannah saß auf dem Steg und lachte.

»Ich kann schwimmen!«, rief Ethan. Er lachte auch und schüttelte sich das Wasser aus den Haaren. »Ich kann immer noch schwimmen!«

Ich war so glücklich, dass ich hastig zu der sandigen Stelle neben dem Steg paddelte, herauskletterte und die Enten um den Weiher jagte.

An diesem Abend legten Ethan und ich uns im Wintergarten schlafen – wie immer, wenn wir auf der Farm waren. Mein Kopf ruhte auf der Brust des Jungen, und seine Hand, schwer und verschlafen, streichelte meinen Kopf.

»Guter Hund, Bailey«, murmelte er.

Zum ersten Mal seit langer, langer Zeit spürte ich, dass mein Junge glücklich war.